MY HERO ACADEMIA

僕《ぼく》のヒーローアカデミア

雄英白書

II

林間合宿：裏面

堀越耕平《ほりこしこうへい》　誉《よ》司《し》アンリ

JUMP j BOOKS

雄《ゆう》英《えい》高《こう》校《こう》生《せい》徒《と》名《めい》簿《ぼ》

ヒーロー科《か》：1年《ねん》A《エー》組《くみ》

飯田《いいだ》 天哉《てんや》
誕生日《たんじょうび》：8月《がつ》22日《にち》
個性：エンジン

轟《とどろき》 焦凍《しょうと》
誕生日《たんじょうび》：1月《がつ》11日《にち》
個性《こせい》：半冷半燃《はんれいはんねん》

爆豪《ばくごう》 勝己《かつき》
誕生日《たんじょうび》：4月《がつ》20日《か》
個性《こせい》：爆破《ばくは》

緑谷《みどりや》 出久《いずく》
誕生日《たんじょうび》：7月《がつ》15日《にち》
個性《こせい》：ワン・フォー・オール

八百万《やおよろず》 百《もも》
誕生日《たんじょうび》：9月《がつ》23日《にち》
個性《こせい》：創造《そうぞう》

麗日《うららか》 お茶子《ちゃこ》
誕生日《たんじょうび》：12月《がつ》27日《にち》
個性《こせい》：無重力《ゼログラビティ》

峰田《みねた》 実《みのる》
誕生日《たんじょうび》：10月《がつ》8日《か》
個性《こせい》：もぎもぎ

常闇《とこやみ》 踏陰《ふみかげ》
誕生日《たんじょうび》：10月《がつ》30日《にち》
個性《こせい》：黒影《ダークシャドウ》

尾白《おじろ》 猿夫《ましらお》
誕生日《たんじょうび》：5月《がつ》28日《にち》
個性《こせい》：尻尾《しっぽ》

芦戸《あしど》 三奈《みな》
誕生日《たんじょうび》：7月《がつ》30日《にち》
個性《こせい》：酸《さん》

青山《あおやま》 優雅《ゆうが》
誕生日《たんじょうび》：5月《がつ》30日《にち》
個性《こせい》：ネビルレーザー

蛙吹《あすい》 梅雨《つゆ》
誕生日《たんじょうび》：2月《がつ》12日《にち》
個性《こせい》：蛙《かえる》

砂藤《さとう》 力道《りきどう》
誕生日《たんじょうび》：6月《がつ》19日《にち》
個性《こせい》：シュガードープ

口田《こうだ》 甲司《こうじ》
誕生日《たんじょうび》：2月《がつ》1日《か》
個性《こせい》：生《い》き物《もの》ボイス

切島《きりしま》 鋭児郎《えいじろう》
誕生日《たんじょうび》：10月《がつ》16日《にち》
個性《こせい》：硬化《こうか》

上鳴《かみなり》 電気《でんき》
誕生日《たんじょうび》：6月《がつ》29日《にち》
個性《こせい》：帯電《たいでん》

CHARACTER

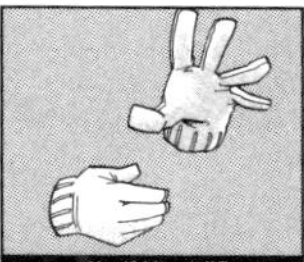

葉隠《はがくれ》 透《とおる》
誕生日《たんじょうび》：6月《がつ》16日《にち》
個性《こせい》：透明化《とうめいか》

瀬呂《せろ》 範太《はんた》
誕生日《たんじょうび》：7月《がつ》28日《にち》
個性《こせい》：テープ

耳郎《じろう》 響香《きょうか》
誕生日《たんじょうび》：8月《がつ》1日《か》
個性《こせい》：イヤホンジャック

障子《しょうじ》 目蔵《めぞう》
誕生日《たんじょうび》：2月《がつ》15日《にち》
個性《こせい》：複製腕《ふくせいわん》

ヒーロー科《か》：1年《ねん》B《ビー》組《くみ》

小大《こだい》 唯《ゆい》
誕生日《たんじょうび》：12月《がつ》19日《にち》
個性《こせい》：サイズ

柳《やなぎ》 レイ子《こ》
誕生日《たんじょうび》：2月《がつ》11日《にち》
個性《こせい》：ポルターガイスト

塩崎《しおざき》 茨《いばら》
誕生日《たんじょうび》：9月《がつ》8日《か》
個性《こせい》：ツル

拳藤《けんどう》 一佳《いっか》
誕生日《たんじょうび》：9月《がつ》9日《か》
個性《こせい》：大拳《たいけん》

庄田《しょうだ》 二連撃《にれんげき》
誕生日《たんじょうび》：2月《がつ》2日《か》
個性《こせい》：ツインインパクト

骨抜《ほねぬき》 柔造《じゅうぞう》
誕生日《たんじょうび》：6月《がつ》20日《か》
個性《こせい》：柔化《じゅうか》

鉄哲《てつてつ》 徹鐵《てつてつ》
誕生日《たんじょうび》：10月《がつ》16日《にち》
個性《こせい》：スティール

物間《ものま》 寧人《ねいと》
誕生日《たんじょうび》：5月《がつ》13日《にち》
個性《こせい》：コピー

STORY ストーリー

“個性《こせい》”と呼《よ》ばれる特異体質《とくいたいしつ》を持《も》つ超人《ちょうじん》たち。ある者《もの》は平和《へいわ》のために、またある者《もの》は犯罪《はんざい》を犯《おか》すために、それぞれが自分《じぶん》の“個性《こせい》”を利用《りよう》する超《ちょう》人社会《じんしゃかい》となっていた。そんな中《なか》、“無個性《むこせい》”の少年《しょうねん》・緑谷出久《みどりやいずく》は、ヒーロー養成校《ようせいこう》「雄英高校《ゆうえいこうこう》」へ入学《にゅうがく》し、ヒーローへの階段《かいだん》を駆《か》け上《のぼ》ろうとしていた！

この小説《しょうせつ》は本編《ほんぺん》では明《あ》かされなかった「雄英高校《ゆうえいこうこう》」の、とある「日々《ひび》」を描《えが》いた物語《ものがたり》である。

MY HERO ACADEMIA

僕《ぼく》のヒーローアカデミア 雄英白書 II

林間合宿：裏面

CONTENTS《コンテンツ》

Part《パート》.1 それぞれの勉強会《べんきょうかい》 009

Part《パート》.2 喧騒《けんそう》ロード 059

Part《パート》.3 のぞきバカ一代《いちだい》 105

Part《パート》.4 AB合同女子会《エービーごうどうじょしかい》 125

Part《パート》.5 OVER《オーバー》 THE《ザ》 TOP《トップ》 159

Part《パート》.6 宴《うたげ》の後《あと》 203

Part.《パート》1

それぞれの勉強会

よく晴れた六月最後の日曜日、目前まで迫《せま》る暑気を予感させる気持ちのいい絶好のお出かけ日よりだ。

だが、緑谷出久《みどりやいずく》はそんな天気が広がっている窓の外には見向きもせず、自室の机にかじりついている。期末テストのためだ。天下に名を馳《は》せる雄英《ゆうえい》高校ヒーロー科といえど、学生である以上、本分は勉強なのだ。普通の学生のように、普通にテスト勉強もする。

だが、普通ではない箇所《かしょ》が一つある。左手だ。

右手は数学の問題を解《と》いているが、左手はハンドグリップを握《にぎ》っていた。頭で難しい数式を解いている間も、左手は絶《た》え間《ま》なく動き続ける。

一年前は難しかった。

憧《あこが》れのオールマイトに出会い、〝個性〟を譲《ゆず》り受《う》けるために貧弱だった体を鍛《きた》えに鍛えた。海岸清掃をしつつ、雄英高校の受験勉強中も鍛え続けた。初めは右手と左手で別のことをやるなどなかなか集中できなかったが、それでも続けるうちに次第に慣れた。オーバーワークで倒れたことなど、今では笑い話になるくらいに。

誰かを救《たす》けるためには、力がいるのだ。

「ふう」

自分で決めた範囲を終えて、出久は一息つき顔を上げて部屋に張《は》っているオールマイトのポスターを眺《なが》めた。左手もいったん休憩だ。

ポスターのオールマイトは、筋骨　隆々《りゅうりゅう》な体でニカッと笑っている。

憧れ。安堵《あんど》。気合。高揚。

オールマイトは出久のやる気を間欠泉《かんけつせん》のように引き出す。憧《あこが》れのヒーローになるための尽きることがないエネルギーだ。

「……よしっ、やるぞ！」

出久は教科書のページをめくる。普通科目の成績はクラスでも上位のほうだから、それほどの不安はない。けれど、今回は絶対に合格点をとらなければいけないのだ。

なぜなら、赤点をとった者は林間合宿に行けない。

「……上鳴《かみなり》くんたち、大丈夫かなぁ……」

問題に取りかかろうとしていた出久は、一瞬心配そうに顔をしかめた。赤点のペナルティを知ったクラスメイトの絶望っぷりを思い出したからだ。

そういえば、八百万《やおよろず》さんに勉強教えてもらうって言ってたっけ。……優秀な八百万さんが教えるんなら、きっと大丈夫だよね。

八百万のキリリとした面立《おもだ》ちを思い出し、出久は改めて机に向かった。

クラス全員で林間合宿に行けることを願いながら。


一方その頃、耳郎響香《じろうきょうか》は出久が心配していた上鳴電気《でんき》たちと一緒《いっしょ》に、八百万百《もも》の家の前に来ていた。

「え、ここ……？」

「ウソだろ……どっかの大使館じゃねーの……⁇」

上鳴と瀬呂《せろ》範太《はんた》が呆然《ぼうぜん》と呟《つぶや》く横で、尾白《おじろ》猿夫《ましらお》がスマホで地図を確認して言う。

「いや、住所はここで合ってるよ……」

「超〜豪邸!!!」

芦戸《あしど》三奈《みな》が簡素に、そして素直に驚きを口にした。

五人の前にそびえ立つのは、門。首を真後ろに倒させてしまうほどの高さと豪奢《ごうしゃ》な造りをしている。門に続いている塀も同じように高く、永遠に続くのかと思うほど果てしない。

最寄駅で待ち合わせしてやってきた五人は、八百万の家に向かう途中に現れたあまりに延々と続く壁の存在に気づいたとき、最初はなんの建物なのかと興味を引かれるくらいだった。けれどそれが目的地に近づいても一向に終わってくれないので、耳郎たちはじんわりと嫌《いや》な予感をつのらせながら歩いてきた。上鳴と芦戸は、そうでもなく楽しく会話しながら歩いてきたが。

とにかく、塀と門だけでも圧倒されるのに十分だ。もしここがどこかの国の大使館で、耳郎たちが別の国のスパイだとしたら、「今日はいったんやめとこうか」と踵《きびす》を返し、対策を練《ね》らなければならない。

いや、スパイでなくても「今日はいったんやめとこうか」といますぐ踵を返したいくらいだと耳郎は思う。

お嬢様だと思っていたが、まさかこれほどとは。

人間、予想以上の事態には及び腰にもなるというもの。

耳郎の眉《まゆ》が不安そうにしかめられたそのとき、目の前の門が開いた。大きな門のわりにはスムーズに開かれ、よく手入れされているのがわかる。

「耳郎様、芦戸様、上鳴様、瀬呂様、尾白様でございますね」

開いた門の先には礼服を着たやや小柄《こがら》な老人が立っていた。七十代前半といったところだろうか。柔和《にゅうわ》な顔立ちに白髪交《しらがま》じり。だが背はピンと伸びて若々しい印象を与える。

「は、はいっ」

ふだん、年長者から様付けで呼ばれることのない五人はあわてて返事をする。それに応《こた》えるように老人は皺《しわ》を刻《きざ》みながら品よく微笑《ほほえ》んだ。

「よくおいでくださいました。私、八百万家の執事《しつじ》の内村《うちむら》と申します。百お嬢様が首を長くしてお待ちしております。さ、どうぞこちらへ」

「は、はいっ」

五人はぎくしゃくと内村のあとについていく。

「執事！　本当にいるんだね、執事！」

「執事がいるってことは、もしやメイドさんもいるんじゃねえ!?」

小声ながらも興奮を抑《おさ》えきれない芦戸の言葉に、上鳴も小声で同意する。耳郎が「ちょっと……」と二人を諌《いさ》めようとしたその時。

「はい、おりますよ」

執事は二人の会話に、にこやかに答えた。二人のぶしつけな会話にも、気を悪くしてはいないようだ。これほど大きな家の執事ともなると、ちょっとやそっとのことでは取り乱したりはしないのだろう。

森かな？　と思うような美しく手入れされた広大な庭を抜けたところに現れた家に、耳郎たちは改めて圧倒された。大使館どころの話ではなく、城だった。もう一度門の外に戻ってここは日本かと確かめたくなるような、立派な西洋建築が威風堂々と建っている。

「いらっしゃいませ」

そして通された玄関ホールで耳郎たちを待っていたのは、多勢のメイドたちだった。耳郎たちがなんと挨拶《あいさつ》をしたものかと戸惑《とまど》っていると、ホールの奥から小走りでやってくる女性がいた。

「まぁまぁいらっしゃい……！　いつも百がお世話になって……。百の母でございます」

「あっ、こんにちは」

五人を前にふわりと笑う顔は、八百万を大人にし、やわらかくしたような印象だ。

「こんなにたくさんお友達がいらしてくれるなんて、とても嬉《うれ》しいわ。……あら、あなた」

「え」

耳郎は思わず自分の服を見た。八百万母の視線がじっと自分の服に注《そそ》がれていたからだ。自分で襟《えり》ぐりを大きく切りカスタマイズした肩出しTシャツに、革《かわ》パン、手首には革に鋲《びょう》のついたブレスレット。自分の中では、おとなしめのセレクトだ。

（……なんか、ヘン？）

やわらかそうなカーブを描いていた八百万母の眉が、わずかに寄せられたような気がする。だが、それは繕《つくろ》うような笑《え》みにすぐにうち消された。

「あっ、百は今、講堂で準備をしておりますの。さっそくご案内いたしますわね」

「それでは……」

「いいわ、じいや。私が」

八百万母は執事にそう言うと、「どうぞこちらへ」と五人を案内するように家の奥へ進んでいく。五人はゆったりとした歩みについていきながら、しげしげと家の中を見回した。花と植物の描かれた壁紙に、大理石の床《ゆか》。廊下の壁にはどこかで見たことのある絵画や壺が飾ってあったり。

「ベルサイユ宮殿だ……行ったことないけど」

「だな……行ったことないけど」

「同意だよ……」

唖然《あぜん》と呟く上鳴たちに、耳郎も心の中で同意したその時、芦戸が感心したように言う。

「ここがヤオモモんちなんだねー。そりゃお嬢様だわ！」

「ヤオモモ？」

芦戸の言葉に、八百万母が振り返る。耳郎はあわてて口を開いた。

「あっ、ヤオモモはヤオモモの……じゃなくて、えっと百さんのあだ名っていうか」

「まぁ、百はあだ名で呼ばれているのね！　ヤオモモ……ヤマモモみたいで可愛《かわい》らしいわ。私もつけてもらいたいくらい」

「それじゃ、ヤオモモのママだから、ヤオママだ！」

「私のあだ名？　嬉しいわ、ヤオママと呼んでくださらない？」

「ヤオママー！」

「はーい」

無邪気《むじゃき》な芦戸の提案に、言葉どおり嬉しそうに笑う八百万母は心からの笑顔に見える。

けれど耳郎にはさっきの八百万母の視線が喉《のど》に引っかかった小骨のように残っていた。

もしかしたら、こういう服とか嫌《きら》いなのかな？　でも、他のみんなとそんな変わんないと思うんだけど……。

「どした？　下ばっか見て」

上鳴に声をかけられ、耳郎は顔を上げる。頭悪いのに、たまに鋭《するど》い。

「……うっさい。べつに、きれいな廊下だなって思っただけ」

「あ～、だよな。夏とかここで転《ころ》がりてえよな。涼《すず》しそう」

「転がりたくはない」

「あっ、なんだよー」

能天気《のうてんき》そうな上鳴の顔に、耳郎はふっと小さく息を吐いた。

服を気にしてもしかたがない。今日は勉強を教わりにきたのだ。

「アンタが一番がんばんなきゃいけないんだからね。なんせクラス最下位なんだから」

「……言うな、言うな。みなまで。すべては八百万先生にかかっているんだからよ」

「ヤオモモにすべてを託すな」

「だから、みなまでだって言ってんだろー」

それから少しして、やっと五人は講堂に着いた。講堂というだけあってさすがに広い。その片隅《かたすみ》に長いテーブルと椅子《いす》が用意されていた。

「百、お友達をお連れしましたよ」

「みなさん、ごめんなさい。お出迎えもせず……。さっきまでどの参考書がいいか迷っていましたのっ」

講堂で待っていた八百万は、メガネをかけ先生仕様《しよう》だ。上気した頬《ほお》とキラキラとした目が、今日の日を心待ちにしていたことを物語っている。

「それじゃ、私はこれで……。あとでお茶を持ってまいりますわ。百、しっかり教えてさしあげるのよ」

「はい、お母様」

扉を閉《し》め八百万母が出ていくと、耳郎は人知れずホッとしてしまった。そんな自分がやる気満々の八百万の前で、少しだけ後ろめたい。そんな耳郎には気づかず、八百万は鼻息荒くみんなに声をかける。

「さっ、おかけになって。さっそく勉強を始めましょう！」

「おー！」

「よろしく」

「頼むぜ、八百万先生！」

「先生の肩に、俺の林間合宿がかかってんだ……！」

「だから託すなっての」

みんなからの期待に、八百万は感動に打ち震えながらしっかりと答えた。

「任《まか》せてください！　必ずみなさんのお役に立ってみせますわ……！」

かくして、勉強会は始まった。

その頃、とある図書館ではまた別の勉強会が始まろうとしていた。

「頼むぜ、爆豪《ばくごう》！」

「うっせーんだよ、クソ髪《がみ》！」

日当たりのいい窓際《まどぎわ》の席で切島鋭児郎《きりしまえいじろう》と爆豪勝己《かつき》がそう言うと、本を読んでいた周《まわ》りの大人や子供たちから視線を向けられる。静かにしてという目線だ。

「すんません！」

切島があわてて周囲に謝《あやま》るがその声も大きく、おじいさんから「威勢《いせい》がいいねぇ」と苦《く》笑《しょう》されてしまった。今日は日曜日。幼い子を連れた家族や、調べものをしにきた学生からお年寄りまでまぁまぁの混雑具合《ぐあい》だ。

なぜ二人が勉強会をすることになったかというと、八百万が関係していた。

普通科目の成績は八百万がクラス一位で爆豪が三位。上鳴たちに教えを乞《こ》われる八百万を見て切島が「この人徳の差よ」とからかったところ、「俺もあるわ！　てめェ、教え殺したろか」と爆豪が返したのを切島が本気にしたのだ。ちなみに切島は十五位である。

「なぁ、家じゃダメだったのかよ」

地声が大きい切島が、声を抑《おさ》えて聞く。

「お前んちまで行ってられるか、めんどくせえ」

爆豪はあまり気にすることもなく、いつもどおりの声で答えた。

「じゃあお前んちでも」

「ババアがうるせえんだよ。チッ、ちゃっちゃと終わらせるからな」

「おう！　……あ、すんません……」

周囲の視線をまたしても集めてしまい、切島は小さくなる。図書館というものは、喧騒《けんそう》とはかけ離れていなければならない場所なのだ。だから、昔からあまり縁はない。

しかし、勉強は教えてもらわなければいけない。林間合宿に行けなくなってしまう。

「いちいち謝《あやま》ってんじゃねーよ、バカか。あ、バカか」

「バカじゃねーよっ？　バカじゃねーけど、お前よりはバカだから教えてもらうんじゃねーか」

「一回しか教えねーからな、さっさとしろ」

「おう！　……あ」

「いーからさっさと問題見せろやっ」

「じゃあまず……これだな」

周囲の視線を気にしつつ、切島は持ってきた教科書を開いて、引っかかった問題を指さす。二次関数の応用だ。

「いや～、数学はさっぱりでよ」

「んなもん簡単だろ……」

そういうと、爆豪はわずかに考えてから、サラサラと答えを書きだした。

「こうだよ」

切島の目が点になり、それから苦笑《にがわら》いする。

「いや、答えじゃなくて、答えの出し方を教えてほしいんだって」

「答えなんて、まんま計算すりゃ出てくんじゃねーか。アホか」

「いや、だからそのまんまがわかんねーんだって」

「は？　数学なんてまんま計算するだけだろーが」

「いやいや、だから計算のコツみてえなのを教えてほしいんだよ」

「だから、この式に当てはめてやるんだよ」

「違うんだよ、だからそれをわかりやすく……」

「だから、まんまかけたり足《た》したりすりゃいいじゃねーか」

なに言ってやがんだ、こいつ、とばかりに切島をにらんでくる爆豪はごくごく真剣だ。

(――なんてこった)

切島は頭を抱《かか》えた。爆豪は地頭《じあたま》がいい。だいたいのものは見て、なんでもすぐに理解し

自然科学
数学
物理学
MY HERO ACADEMIA
僕のヒーローアカデミア
雄英白書

てしまう。つまり、勉強で苦労をしていない。苦労をしていないということは、わからない、ということがわからないのだ。

「ここをバーッと計算してから、こっちをガーッて計算すりゃいいんだろが」

それでも精一杯《せいいっぱい》教えようとしているのだ。爆豪のなんともおおざっぱなアドバイスに切島は涙をぐっとこらえてサムズアップをしてみせた。

「男らしい教え方だぜ……」

「あぁ？」

眉を寄せる爆豪は、切島の態度を見てさらに眉間《みけん》の皺《しわ》を深くする。

「まさかてめェ……九九を教えろって言ってんじゃねーだろうな……？」

「九九くらいわかるわ!!」

シーッ。周《まわ》りの人が人差し指を口の前にして、静かにしろと促《うなが》す。思わず今日一番の大声を出してしまい、恥ずかしそうに顔を赤らめる切島を見て爆豪は愉快《ゆかい》そうに笑った。

「へっ、だせえ」

「お前が九九とか言うからだろーがっ」

切島が周囲に何度目かの「すんません……」を呟いたとき、絵本を抱えた一人の男の子が近づいてきた。つぶらな瞳《ひとみ》でじーっと爆豪を見つめてくる。

「あ？　なんだ、このガキ」

「ん？　迷子か？」

心配して声をかける切島に男の子は「んーん」と首を振り、爆豪を指差した。

「ゆーえーたいいくさいでゆーしょーしたのに、しばられてたおにーちゃんだよね？」

「あ？」

「どーしてしばられてたの？　うるさかったから？　としょかんでもうるさくするとしばられちゃう？」

雄英体育祭で、手も付けられないほど激高《げっこう》した爆豪は、優勝したというのに表彰台でガチガチに拘束《こうそく》されたのだ。無垢《むく》な子供の指摘に、決勝で本気を出さなかった轟《とどろき》から自動的に転がってきたような不本意極《きわ》まりない優勝を思い出して、爆豪の堪忍《かんにん》できない堪忍袋が破裂《はれつ》した。

「うるせえ!!　クソガキ！！！」

切島が止める間もなく、図書館に爆豪の怒号《どごう》が響き渡った。人生で初めて他人に怒鳴《どな》られた男の子の目がうるりと揺れて、顔が歪《ゆが》む。そして今度は嵐のような泣き声が響き渡る。

「すっ、すんませんでしたぁー!!」

喧騒に満ちる図書館から、切島はあわてて逃げるように爆豪を連れ出した。

切島の林間合宿参加が危《あや》ぶまれだしたその頃、耳郎は引っかかっていた二次関数の応用問題をきちんと理解できたところだった。

「なるほどねー、こうやって解けばよかったんだ」

「ええ、耳郎さん。一見こちらに引っかかりそうになってしまうんですけれど、きちんと問題を見れば大丈夫ですわ」

「さすがヤオモモ、すっごくわかりやすい！」

「まぁそんな……」

八百万の理路整然《りろせいぜん》とした説明はとてもわかりやすかった。耳郎が素直な感想を口にすると、八百万は嬉しそうに頬を染《そ》める。

「ヤオモモせんせー！　この英語の訳、どうすりゃいいのー？」

「ちょっとお待ちになって、芦戸さん……。あぁここはですね……」

八百万が立てた勉強プランは完璧《かんぺき》で、それぞれの学力に合わせた問題まで用意してくれていた。

それぞれのウィークポイントの傾向と対策。懇切丁寧《こんせつていねい》なわかりやすい教え方。時間を割《さ》いて、自分たちのために用意してくれていたのだと思うと、初めは豪邸という環境になかなか慣れなかった耳郎、瀬呂、尾白も、八百万の教え方にきちんと勉強に集中することができていた。芦戸も林間合宿で肝試《きもだめ》しをするんだと猛烈に集中している。

「う……頭が破裂するぅ～……」

だが、ただ一人、すでにいっぱいいっぱいになってしまった男がいた。上鳴だ。体育祭やら職場体験やらとめまぐるしい行事に流されて、まったく勉強してこなかったつけが脳みそに回っていた。

「XとYがイオン結合して……助動詞がシュメール人とクラウン・ショック……」

「あ、もうしてるわ、破裂」

電気も放出していないのに、アホ面《づら》になりかけている上鳴を見て左隣の耳郎が言うと、右隣の瀬呂が励《はげ》ます。

「しっかりしろよ！　林間合宿行くんだろ？」

「そうだよ、相澤《あいざわ》先生も言ってただろ。もし赤点とったら林間合宿行けないどころじゃなく、学校で補習になっちゃうんだからさ」

「あああああ～……！　誰か……誰か俺の頭を交換してくれえ！」

同じく励まそうとした尾白の言葉に、上鳴は迫《せま》る現実に爆沈《ばくちん》する。その様子《ようす》に尾白は
「なんかごめん……」と申《もう》し訳《わけ》なさそうに謝った。
「上鳴さん……。では、そろそろ休憩を入れましょうか。適度な休憩を挟《はさ》んだほうが効率
も上がりますしね」
そう言うと八百万は、扉の外に向かって「じいや」と呼んだ。するとすぐに扉を開《あ》けて
執事が入ってきた。
「お茶の用意をお願い」
「ただいま」
（もしかして、ずっと待機してたのか……⁇）
目を丸くする耳郎たちの前で、今度はメイドたちがワゴンでお茶とクッキーを持ってく
る。見るからに高級そうなティーセットがスッと用意され、熱い紅茶が注《そそ》がれる。湯気《ゆげ》と
ともにふわりといい香りが漂った。休憩を邪魔《じゃま》しないように配慮してか、執事とメイドた
ちは給仕《きゅうじ》を終えると静かに講堂を出ていく。
「さ、みなさん召《め》し上《あ》がって」
八百万の声を合図に、みんないったん勉強の手を止め、そっと紅茶に口をつける。
「メイドさんが淹《い》れてくれたお茶……」

丁寧に淹れられた紅茶の雨が、上鳴の乾いた心の大地に染《し》み渡《わた》った。

「ん、ホッとするぅ〜」

ほへえ〜と脱力する芦戸。耳郎は優雅に紅茶を飲んで息をつく八百万に聞いた。

「ハロッズ？　だっけ」

「ええ、勉強のときはこのブレンドされたものを愛飲しているんです。産地が違うそれぞれのフレーバーが複雑な渋《しぶ》みを醸《かも》し出《だ》して、疲労した脳をリラックスさせつつリフレッシュさせてくれる感じがして……」

「よくわかんねーけどうまい」

「ふだん、あんまり飲まないけど紅茶もいいねー」

瀬呂と尾白もどうやら気に入ったらしい。芦戸は紅茶とともに出されたクッキーに目を輝かせる。茶色のクッキーだ。

「このクッキーもおいしそ〜」

少し形が歪《いびつ》な気もするが、きっとどこぞの高級店から取り寄せた美味《おい》しいものに違いないとみんなが思いながらクッキーを口に放りこんだ。八百万はみんなが食べるのをにこやかに見守っている。

やってくるのは滋味《じみ》深《ぶか》い甘さに違いない――と、期待していた舌がまず最初に感知したのは、複雑な苦《にが》みだった。

「………?」

五人は予期せぬ味に首をかしげる。だが、思考する間もなく次にやってきたのは、強烈なえぐみと辛《から》み。そして塩辛さ。刺激をともなったそれは、ピリピリと舌を、口を、喉《のど》を攻撃する。それらの後ろに隠れていた生臭《なまぐさ》さが鼻孔《びこう》をしつこくくすぐってきた。

「っ……!!」

人が飲みこむものではない。本能がそう告げているが、この豪邸という環境が自分の舌を疑わせる。

これが、セレブの味なのか……? と。

「どうかなさったの? みなさん……」

吐き出すのをこらえるために口を押さえたり、青ざめたり、脂汗《あぶらあせ》をかきはじめたりした五人の様子に、八百万が気づく。五人は美味しい紅茶でクッキーを飲み下した。

「もしかして、お口に合いませんでした……?」

「……い、いやあ、そんなこと……」

「セレブのクッキーって、すごいね……」

なんとか口を開いた尾白と芦戸に、八百万は恐る恐るクッキーをつまんで口に入れた。

「―――!?」

次の瞬間、八百万の顔が衝撃に歪んだ。

「ちょっ……失礼しますわ……っ」

口を押えながらあわてて出ていく八百万。

残された五人は、足音が遠ざかってからクッキーの不味《まず》さに打ち震えた。

「うわ～、まだ味が残ってる～！」

「もはやクッキーじゃねーな……兵器だったな」

味を流そうとゴクゴク紅茶を飲《の》み干《ほ》す芦戸に、訝《いぶか》しそうにクッキーを眺《なが》める上鳴。

「でも、これ眠気覚《ねむけざ》ましにはいいよね。一発で目が覚める」

フォローするように言う尾白に真剣な顔で諭《さと》す瀬呂。

「その前に、もう一回食べる勇気で目が覚めるぞ」

耳郎も紅茶を飲み干してから、扉を見つめた。

「ヤオモモも不味かったのかなー？　あわてて出てっちゃったけど……」

「ま、すぐ戻ってくんだろー」

しかし、その上鳴の言葉とは裏腹に、八百万はなかなか戻ってこなかった。勉強を始めてるかと再開したはいいものの、先生がいるといないでは集中も効率も雲泥《うんでい》の差だった。

そうしているうちに耳郎は尿意《にょうい》をもよおした。口に残る味を流そうとガブ飲みした紅茶のせいだ。

「ちょっとウチ、トイレ行ってくる」

「あ、私も行くー！　飲みすぎたー」

立ち上がった耳郎と芦戸が扉を開けると、メイドが一人待機していた。何か用があったときのために控えていてくれたのだろう。トイレの場所を聞くと、「こちらです」と案内してくれる。

迫る尿意に急いでもらうが、長い廊下を曲がりくねり、芦戸の我慢が限界に達しそうな頃、やっとトイレに辿《たど》り着《つ》いた。

「ふぁ〜、間に合った〜」

「広いと大変だなー」

手を洗い、爽《さわ》やかな笑顔で出てきた二人はふと足を止めた。

「……あれ？　どっちから来たんだっけ？」

「ん〜……？」

右と左、どっちを見ても、長い廊下が続いている。右から来たような気もするし、左から来たような気もする。

メイドはいない。トイレ前で待機しているとのメイドに、気恥ずかしかった耳郎は帰りは大丈夫ですと戻ってもらったのだ。

「……とりあえずこっちっぽくない？　行ってみよ」

「あっ、ちょっと」

少し考えた芦戸は、直感で右に歩きだした。耳郎はあわててついていく。


「おっせーな、あいつら。迷子になってたりして」

そうからかうように笑う瀬呂に尾白が「んー」と眉を寄せる。

「この家ならありえるよ」

「でも、メイドさんに案内してもらってたから大丈夫だろ？」

「それもそうか」と笑う尾白。そんな二人の前で、上鳴はノートに頭をこすりつけるようにうごめいていた。

「…………」

うごうごと上半身を動かすさまは、まるで大きな芋虫のようだ。さすがに見過ごせなくなり、尾白と顔を見合わせた瀬呂が代表して声をかける。

「……さっきから何やってんだよ？」

「こうすれば、知識が頭に入ってこねーかなーと」

「いや、逆にせっかく頭に入れたのが出ていきそうだよ、それ」

冷静な尾白の指摘に、涙目《なみだめ》の上鳴ががばっと顔を上げる。

「じゃあどうすりゃいいんだよー！」

「普通に勉強するしかないだろっ!?」

「もう、俺の脳のキャパがいっぱいいっぱいなんだよ〜！　もう一文字も入んねーんだよお！　うう……さよなら、オレの林間合宿……っ、こんにちは、補習地獄……！」

メイドのお茶で心が潤《うるお》ったのはつかの間の夢だったようだ。すっかりあきらめモードに入った上鳴を放っておくこともできず、尾白と瀬呂は慰《なぐさ》めにまわる。

「だ、大丈夫だって！　まだ時間はあるんだからさ」

「そうそう！　人間、集中すればどんな困難でも乗り越えられる！　校訓《こうくん》思い出せって」

「プルスウルトラ！」

「……もう一文字も覚えられねーのに？」

上鳴のあきらめモードはなかなか切り替わらない。ふだんならわりとなんでもポジティブにとらえる性質だが、勉強というストレスが、ネガティブにギアチェンジさせている。

「その一文字がプルスウルトラじゃないかな」

「尾白の言うとおりだぜ、一文字超えれば、お前は林間合宿に行けるって！　な！」

クラスメイトの温《あたた》かい励ましに、上鳴の固くなっていたギアがゆっくりと動きだす。

「……そうだな！　あと一文字超えれば……」

そう言いながら上鳴が目を落とした英語の教科書には、ぎっしりと並んだ英文。ＡからＺが好き勝手に並んだようにしか見えない文字の羅列《られつ》。

ぱぁんと上鳴の脳細胞が弾《はじ》けた。

「やっぱムリムリムリー!!」

現実逃避するようにつっぷす上鳴の耳には、尾白と瀬呂のあきれながらも気遣《きづか》う声は入ってこない。その代わりに、数日前の峰田《みねた》実《みのる》のからかうような声を思い出した。

――いざとなったら……しかねえんじゃねえ？

「……ははっ」

上鳴が乾《かわ》いた笑いをこぼす。それは数日前、八百万の家で勉強会をすると言った上鳴に、峰田がそれでもだめなら……と続けた言葉だった。

「おい、マジで大丈夫かー？」

「そんな疲れてんなら、今日はもう帰って寝たほうが……」

勉強のしすぎでおかしくなってしまったかと真剣に心配する瀬呂と尾白に、上鳴は苦笑しながら言う。

「違うって、峰田がさー、八百万に勉強教えてもらってもダメなら、もうカンニングするしかねえなんて言ったの思い出してさー」

「ハハッ、カンニングなんかしたら林間合宿行けないどころの話じゃなくなるだろー」

「笑いごとじゃないよ、本当にしたら退学ものだって」

そう言いながらも、尾白も瀬呂と一緒に笑う。上鳴も笑った。

「だよなー」

そんな上鳴の目に瀬呂の肘《ひじ》が映る。瀬呂の〝個性〟のテープを発射する肘。テープは自由自在に伸ばしたり引き寄せることもできる汎用性《はんようせい》の高い〝個性〟だ。そして、上鳴はクラスの席順を思い出す。瀬呂の席は、上鳴の斜《なな》め後ろだ。

「ははは……はは………いや、アリなんじゃやねえ……？」

「は？」

笑いを消した上鳴のやけに真に迫った声に、瀬呂と尾白はきょとんと上鳴を見た。

「うあー、こんぐらい騒《さわ》がしいほうがやっぱ落ち着くなー！　な、爆豪！」

「勝手に落ち着いてろや」

図書館から逃《のが》れてきた切島と爆豪は、駅前のファミレスに避難した。休日の午後、お昼の混雑のピークは過ぎたといっても、様々《さまざま》な客層で賑《にぎ》わっている。そこかしこでしゃべり声がしているため、多少の声には誰も見向きもしない。

「ご注文はお決まりですか？」

「ドリンクバー二つで！」

注文をとりにきたウェイトレスに即答する切島に、爆豪が言う。

「奢《おご》りだろうな？」

どっかと深く腰をかけながら、当然のように確認する爆豪に、切島は思いきりのいい笑顔で答えた。

「おう、任せとけ！　そのかわり根気《こんき》よく教えてくれよ！」

「ドリンクバーくらいで根気よくなってられるか、クソが」

「では、ドリンクバーあちらになっておりますので、ご自由にどうぞ」

ウェイトレスが業務用の笑顔で去っていくと、切島はおもむろに立ち上がった。

「俺、持ってきてやるよ。何がいい？」

「コーラ」

「おう、わかった！」

切島がドリンクバーに向かったあと、同じくドリンクバーに向かう途中だった人影が爆豪のテーブルの前で止まった。

「……あれ、カツキじゃん！」

「あ？」


「ん？」

切島が飲み物を持って席に戻ると、見知らぬ客が二人増えているのに気づいた。黒髪のくせっ毛の少年と、センター分けのロン毛の少年が、親しげに爆豪と話している。

「まさかこんなとこで会うなんてなー」

「見たぜー、体育祭！」

「うっせ!! 黙れ！」

「爆豪、なに、知り合いか？」

切島が声をかけると、センター分けが「あ、雄英の人だー」と気づく。

「中学んときのダチだよ。さっさと自分のテーブル戻りやがれ」

「なんだよ、冷てえなぁ」

ぶっきらぼうに答える爆豪に、友人たちは名残惜しそうに顔をしかめながらも立ち上がろうとする。切島は笑顔で二人を制した。

「あ、じゃあ座っててくれよ！」

「え、いいの？」

「もちろんだぜ、つもる話とかあるんだろ？」

「んなもんあるか。つーか、勉強は」

「ちょっとくらいかまわねえさ。ダチは大事にしねえとな！」

「……なんだ、あんた。カツキの友達と思えねーくらいいい人だな」

切島の男気《おとこぎ》オーラあふれる笑顔に、くせっ毛が眩《まぶ》しそうに目を細める。そんなくせっ毛の言葉に、爆豪と切島は同時に口を開いた。

「どういう意味だ、クソが！」

「爆豪は口や態度は悪《わり》ぃけど、自分の信念にまっすぐで熱い男だぜ！」

爆豪は、切島の言葉にさらに顔をしかめた。

「気持ちワリィこと言ってんじゃねえ、クソ髪！」

「うん、相変わらず口悪いわー。褒《ほ》めてんのに」

懐《なつ》かしむようなセンター分けに、切島は好奇心が湧《わ》きあがるまま問いかけた。

「なぁ、中学んときの爆豪ってどんな感じだったんだ？」

「どんな……あー、こんな感じだよなー？」

「唯我独尊《ゆいがどくそん》って感じだな」

「地球は自分中心に回ってるみてえな」

「……てめえら、殴《なぐ》られてえんだな？　あ？」

爆豪がイラついたように拳《こぶし》を握る。

「わー、将来のヒーローが暴力振るうなよ！」

「うっせえ！　どけ、クソモブどもが」

そう言って、隣に座っていたくせっ毛を立ち上がらせると、爆豪はいつの間にか飲み干していたグラスを持って、ドリンクバーに向かった。今度は自分で持ってくるようだ。

「……でも、中学んときよりかは、なんつーか……少し落ち着いたような気もすんな」

爆豪の背を見送って、ポツリとくせっ毛が呟く。センター分けも「かもな」と同意して続けた。

「中学んときだったら、本当に一発くらい殴ってるよなー。それに、人に勉強教えようとすんのもありえねえし」

「だよなー。やっぱ雄英ってすげえな。……どう？　雄英でのカツキは」

聞かれて、切島は少し考えてから答える。

「さっきも言ったとおりだぜ。アイツは裏がねえから、一緒にいて気持ちいいんだ。実力もあるし、そこはみんな認めてると思う」

そう言いながら切島は爆豪の昔の話を聞き、入学当初の頃のことを思い出していた。

確かに出会ったばかりの頃の爆豪は、常《つね》に苛立《いらだ》っていたように思う。今よりもっと辛辣《しんらつ》で、口を開けば誰かを威嚇《いかく》していた。とくに、目の敵《かたき》にしていたのは緑谷だ。

「そういえば、緑谷も同じクラスだったんだろ？」

切島がそう言うと、くせっ毛とセンター分けは微妙な顔をして「まぁ……」と歯ぎれが悪くなる。

切島は入学当初の緑谷のことを思い返した。

ものすごい〝個性〟があるのに、力を操《あやつ》り慣れていないのかケガばかりしていた。力がある半面、性格は真面目《まじめ》で不思議なほどどこか自信なさげだった。

「カツキはともかく、まさかあの緑谷が雄英に行くなんてなー……」

「あの？」

くせっ毛が、苦笑しながら後ろめたさを隠すように頭を掻《か》く。

「あー……実はさ、オレら緑谷のこと、けっこうバカにしてたんだよな……。〝個性〟もねえと思ってたし」

「なのに、あんな力があるなんてよー」

「……テレビで体育祭見てて、緑谷が予選一位になったとき鳥肌《とりはだ》立っちまった。純粋にスゲーッて……」

「なー……」

けれど、その声色《こわいろ》には悔《く》いるような感情が滲《にじ》んでいた。顔も、バツが悪そうに苦《にが》くしかめられている。

卑怯《ひきょう》なことが嫌《きら》いな切島には、誰かをバカにしたりする気持ちはわからなかった。わからなかったけれど、自分のしたことを後悔している人間を責《せ》める気もなかった。それができるのは当事者だけなのだろう。けれど、その当事者ならきっと——。

「緑谷、そう言ったらきっと喜ぶと思うぜ！　あ、いや照れるかな？」

オールマイトのようなヒーローを目指《めざ》す緑谷なら、きっとなんでもないように笑って許すだろう。いや、もしかしたら許すという概念《がいねん》さえないかもしれない。緑谷にとって、苦しんでいる人を救《たす》けるということは、息をするように当たり前のことのような気がする。

「……そうかもな」

「アイツ、人がいいからな」

少しホッとしたようにそう言うくせっ毛とセンター分け。心の重荷《おもに》が少し取れたのか、二人は堰《せき》をきったように話しだした。

「でもよ、こんなことカツキの前じゃ言えねえけど、トーナメントも燃えたよなー！　あの氷のヤツとのバトル！」

「あの緑谷がガチの殴《なぐ》り合《あ》いなんてなー！」

「そうそう、一発返したときは思わず、おー！　けっこうサマになってってよー」

「惜しかったよなー、緑谷！　もしかしたら決勝行って、なんて言っちまった」

「……デクがなんだって？」

その声にハッと振り返る切島たち。コーラ片手に、怒《いか》りに顔をひくつかせている爆豪がいた。ビキビキと目が吊《つ》り上《あ》がっていく。

「デクがサマになってただぁ……？　寝言は寝て言え!!!　おめーらの目は節穴《ふしあな》か!!!　その穴ん中でキレイな大爆破見せてやるよ！！！！！」

「爆豪、落ち着けって！」

「うるせえ!!　クソどもが!!!」

「緑谷のこととなると……あああっ、やっぱ変わってねえ〜！」

「デクの名前を出すんじゃねえ!!!」

「カツキ、やめろってぇっ」

つかみかかる爆豪から逃れようとするセンター分けとくせっ毛、押さえようとする切島の間でテーブルが揺れ、置いていたグラスが倒れて床に落ち、割れる。爆豪の怒りはもはや喧騒の範疇《はんちゅう》に収《おさ》まらず、他の客が何ごとかと注目してくる。

「あの子、どっかで見た……」

「あっ、雄英の」

「ヘドロの」

「ほら、体育祭で拘束されてた子よ」

「あぁ、あの」

爆豪に気づいた客たちの囁《ささや》きは爆豪の怒りをさらに焚《た》きつけた。

「うるせえ!!!　モブ客どもは黙ってクソめしでも食ってやがれ！！！」

「お客様」

叫んだ爆豪の肩をつかんだのは、いかつい体格の店員だった。ネームプレートには店長の肩書がついている。

「他のお客様のご迷惑になりますので、もう少しお静かに……」

しかし、言葉だけで爆豪の怒りが止まれば、地球はもう少し平和になっている。

「うるせえ!! 俺も客だろうが!!!」

「他のお客様にご迷惑をかけるお客様は、お客様ではございません。そして当店は、クソめしも出しておりません」

そして、爆豪たちはファミレスを追い出された。

「てめーらがデクの話なんかするからだ!! つーか全部クソデクのせいだ!!!」

「落ち着け、爆豪!!」

「じゃ、じゃあまたなー!」とあわてて去っていく友人たちにヒートアップする爆豪を押さえながら、切島は思う。

入学当初からすれば、爆豪も少しは落ち着いたような気もする。緑谷も自信ができたような気がする。けれど、爆豪の導火線が長くなるのは、しばらく先のような気がする。

そして、切島のバッグの中にある教科書とペンケースの出番ももう少し先になりそうだ。

勉強は自力でがんばるしかねえ……！　と切島が覚悟していた頃、耳郎と芦戸は豪邸の中で迷っていた。

「やっぱ、メイドさんに待っててもらえばよかった……」

「ま、歩いてればそのうち着くって！」

眉をわずかに寄せて落ちこむ耳郎に、芦戸はあっけらかんと笑う。

「こんな機会めったにないじゃん⁉　講堂探しながら探検しよー！」

「ええ？」

「たんけんっ、たんけんっ」

そういうと芦戸はスキップでもするように楽しげに歩きだした。耳郎も芦戸のあとを追いかける。

「ねー、あとでヤオモモの部屋も見せてもらおーよ」

「あぁうん……」

同じようなドア、壁が続くと、ここは実は迷路なんじゃないかと疑いたくもなる。

（こういう家に住んでるって、どういう気持ちなんだろ）

生まれてからずっと住んでるから、八百万にとってはこれが普通の家なのだ。

耳郎は、ふと八百万母の視線を思い出した。

「…………」

改めて、また自分の服を見てしまう。

「……ねえ、ウチの服、ヘンかな」

「服？　カッコかわいいよ！　……ん？　ライブラ……あ！　ここ図書室だって！」

ひときわ大きい扉のプレートを見て「へえ～！」と珍しそうに声をあげる芦戸を見ながら、耳郎は小さく息を吐いた。

芦戸とは趣味が近い。細かく分けると派閥《はばつ》は違うが、ジャンルは同じになるだろう。けれど、八百万とはジャンルが違う。

耳郎がパンクファッションなら、八百万は清楚《せいそ》系。

耳郎が好きな音楽がロックなら、八百万はクラシック。

趣味も、外見も、育ってきた環境も全然違う。共通項といえば、性別くらいだろう。

それでも、いつのまにか仲良くなっていた。

ヤオモモはいい子だ。完璧に見えて、どこか自信なさげだったりするけれど、自分のベストを常に尽くそうとしている。何かを鼻にかけることもないし、普通に話しやすい。

これからも、普通に友達でいるはずだ。

だからこそ友達の家族によく思われないのは、少しキツイ。

「耳郎様、芦戸様、こちらにいらしたんですね」

「あ、執事さん……」

後ろから声をかけられて、耳郎が振り向くといつのまにか執事がやってきていた。もしかしたら芦戸の声を頼《たよ》りにやってきたのかもしれない。

「申し訳ありません。ちゃんとご案内するように申し付けておいたのですが……」

「あっ、ウチが戻ってくださいって言っちゃって」

「しかし迷わせてしまったのは私どもの責任です。大変申し訳ありません」

「全然大丈夫だよ！　探検できておもしろかったし」

「それはそれは……では講堂のほうに……」

そう言うと、執事は少し考えこんでからまた口を開いた。

「講堂に戻る前に、百お嬢様の元へ参りましょうか」

そうして執事のあとをついていくと、なにやらうっすらとヘンな匂《にお》いが漂《ただよ》ってきはじめた。歩いていくにしたがって、その匂いは濃くなっていく。

「うう、これなんの匂い⁉」

我慢できず鼻をつまみながら声をあげた芦戸に、執事は足を止め、振り返った。

「……さきほどのクッキーの匂いでございます」

「え？　あのクッキー？」

「どうぞあちらへ……」

執事は耳郎たちに先へ行くよう促す。戸惑いながらも、なんとなく足音を忍ばせて二人は突き当たりにあるだろう目的地へ進んでいく。

「……お母様、それもちょっと……やめておいたほうがよろしいのでは……？」

「まぁどうして？」

聞こえてきたのは八百万と八百万母の声だ。芦戸と耳郎は、そっと中をのぞく。

「さすがに青魚《あおざかな》とチョコレートは合わないのでは……」

「でもね、百。青魚に含まれている油は脳にいいのよ？　それにカカオも。大丈夫よ、牡《か》蠣《き》と一緒にミキサーにかけてしまえば魚の形は残らないわ。さっきのクッキーにも入れたけれど、わからなかったでしょう？」

そこは厨房《ちゅうぼう》だった。本格的な設備はレストランのものと変わらない。平台を前に八百万と八百万母が話している。二人の前には、新鮮そうな魚や、キャベツやほうれん草、ナッツ類に、香辛料《こうしんりょう》などなど、さまざまな食材があった。

話の内容からすると、どうやらさっきのクッキーは八百万母のお手製らしい。

「……ヤオママ、料理は苦手《にがて》みたいだね～」

こそっと呟いた芦戸に、耳郎も頷《うなず》く。

（でも意外っちゃ意外だな……。料理なんかしなさそうなのに……。してもそつなくこなしそう……）

二人に見られていることなど気づかず、八百万は言いにくそうに続けた。

「……ですが、その生臭《なまぐさ》さは……。その、お母様はお気づきになりませんの……？　この匂い……」

「え？　あぁ、そういえばしばらく前からなにも匂わないの。いつのまにか鼻風邪《はなかぜ》でもひいてしまったのかしら？」

（それって、鼻が麻痺《まひ》してるんじゃ……）

あまりに強烈《きょうれつ》な匂いを嗅《か》ぎすぎてしまったのだろうと耳郎は推測した。

「……では、少しお休みになられたほうがよろしいのでは」

「いいえ、休んでなんかいられないわ。私はこのクッキーを作らなくては」

（なんでそこまでして……）

耳郎がそう思ったとき、八百万母が気合を入れるように両手の拳を握りしめ言った。

「だって、百のお友達の期末テストのためですもの！　赤点をとっては、林間合宿に行けないのでしょう？　百はお勉強のサポートを、私はせめて、この脳を活性化するクッキーでサポートしたいのよ。せっかくのお勉強会ですものね」

耳郎は小さくハッとして、食材を見る。そういえば、どれも脳にいいと言われているものばかりだ。

「お母様……。お気持ちは、その、とてもありがたいのですけれど……」

「大丈夫よ。さっきはお塩とお砂糖を間違えてしまったけれど、今度は間違えないわ。それに緑茶を入れると匂いがきっと中和されるはずよ。それよりカレー粉《こ》のほうがいいかしら？　あ、両方入れてしまえばいいわね！」

（……なんだ、普通のお母さんなんだ）

耳郎は張りきる八百万母を見て、そう思った。

住んでいる家がどんなに大きくても、娘の友達のために張りきってクッキーを作っている。……味的には失敗しているけれど。

「ヤオママ、優しいね！」

「……うん」

耳郎が素直に頷いた時、八百万が二人の存在に気づいた。

「お二人とも、どうしてこんなところに」

「私がご案内しました」

執事がやってきてそっと頭を下げる。もしかしたら執事は、不味いクッキーに隠された意味を知ってほしかったのかもしれないと耳郎は思った。

「お二人とも、その、あのクッキーは無理しなくてけっこうですから……」

八百万が二人にそっと耳打ちする。八百万は八百万で、母親を傷つけたくないようだ。

（……なんだ、普通の家じゃん）

耳郎はすとんと自分の感情が落ちた気がして、小さく笑った。

「……大丈夫。まぁ……独特の味だけど、食べたら頭良くなりそうだし」

「うん！　勉強はかどりそうな味！」

「上鳴にいっぱい食べさせたほうがいい」

目を丸くする八百万。耳郎と芦戸の言葉を聞いた八百万母は、満面の笑みを浮かべた。

「それじゃ、これも急いで焼き上げますわね！　上鳴君には、特別に大きなのを用意しますわ」

「それがいいです」

そう答えた耳郎に、八百万母はとりかかろうとした手をふと止めて、耳郎の服装をまた見つめた。気づいた耳郎は、居心地《いごこち》悪そうに身を捩《よじ》る。

（あー……やっぱこの服はお気に召さないかー……）

「……やっぱり素敵《すてき》ですわ、その服」

「え？」

耳郎は思いがけない言葉にきょとんと八百万母を見た。

「ごめんなさい、まじまじと見てしまって……。昔ね、一つ上の先輩がバンドを組んでいらしたの。その方の服装に似ていたものだから、さっきもつい見つめてしまって……」

「お母様、女子高でしたわよね？」

「ええ、ボーイッシュでみんなの憧れの先輩だったわ。私も真似《まね》したかったのだけれど、どうしても似合わなくて……あぁ懐《なつ》かしい」

少女のように頬を染める八百万母に、耳郎は「……なんだ」と拍子抜《ひょうしぬ》けした。

「ごめんなさい、耳郎さん。もしかしてお気を悪くなさった……？」

心配そうに見つめてくる八百万に、耳郎は笑った。

「ううん、逆」

「逆？　ですか？」

「うん。悩んでソンした」

不思議そうに首をかしげる八百万の後ろで、八百万母が「そうそう」と思い出したように声をあげた。

「忘れるところでしたわ、ケーキも用意してありますの」

そして大きな冷蔵庫から取り出したケーキに、耳郎たちは目を見張る。美しくデコレーションされたチョコレートケーキだ。

「わぁ、キレイ……」

「これ、ヤオママが作ったのー⁉」

「いいえ、うちのシェフに頼んでおきましたの。味は保証しますわ」

その言葉に、八百万が安堵したように肩をおろした。

「……では、このケーキを食してから、もうひとがんばりしましょうか」

「おー！　がんばるー！」

ケーキにわかりやすくテンションが上がった芦戸がぴょんっと跳《は》ねるのを見て、八百万と耳郎が顔を見合わせ苦笑する。

そんな綻《ほころ》ぶ花たちを、八百万母と執事は微笑ましく見守っていた。


「あいつら、勉強してんのかなー？」

「していていただかないと困りますわね。とくに上鳴さんは……」

「絶対、だらだらサボってるよ～」

ケーキの用意より先に、耳郎たちは講堂へと戻った。

「ね、驚かせちゃおーよ！」

芦戸の提案で扉をそっと開いた女子たちは、これまたそっと中を覗く。中ではだらだらしている様子はなく、意外にも何事か真剣に話し合っていた。

「……K計画の勝負は一瞬だ。一瞬ですべてが決まる」

「いや、でも問題は音だと思うよ。さすがに気づかれるって」

いつになくシリアストーンの上鳴の言葉に、眉を寄せて答える尾白。

「……こういうときのためのサポート科じゃねえ？　音が出ないような、アイテムをつくってもらうんだよ」

「音が出なくなるのは、確かにいろいろ便利だな……」

上鳴の提案に、まんざらでもなく考えこむ瀬呂。

まるで敵《ヴィラン》対策でも練《ね》っているような真剣さだ。

「……いったい何の話をしてんだ？　あいつら。K計画……？」

「新しいコスチュームのこと⁉」

「なんだか、入りづらい雰囲気ですわね……」

ヒソヒソと話す耳郎たちにも気づかず、上鳴たちは話し合いを続ける。

「まず課題は瀬呂のテープを出す音の無音化だろ。そして俺と瀬呂のタイミング……。そしていざというときのため、証拠隠滅《いんめつ》に芦戸の〝個性〟の酸も欲しいな」

私？　突然、自分の名前を出され、芦戸がきょとんと目を丸くする。

今までの話の内容からすると、上鳴が瀬呂の〝個性〟のテープを使って、何かをしようとしているらしい。しかも、証拠を隠滅しなければならない何か。

（あ、もしかして）

耳郎が気づいたそのとき、上鳴が自信満々に頷きながら言った。

「よし、オレはこれで林間合宿に行ける……。このK計画……カンニングがうまくいけばな……！」

「はぁ!?　なにをおっしゃってますの、上鳴さん!!」

「ゲッ!?　ヤオモモ!?」

思わず叫んだ八百万に、男子たちが気づいて青ざめる。瀬呂のテープに答えを書いて、テストのときにサッと伸ばしてカンニングするつもりだったのだろう。

やっぱり……と耳郎があきれる横で、芦戸がぷんすかと頬を膨《ふく》らませた。

「証拠隠滅ってなによー！　私にもカンニングの片棒担《かたぼうかつ》がせるつもりだったの⁉　サイッテー‼」

「アホじゃなくドバカだな。つーか、尾白も瀬呂も乗ってんなよ」

「面目《めんぼく》ない……」

「上鳴があまりに真剣だったから、つい……」

それぞれに詰め寄られて、上鳴は涙目で訴える。

「だって、これ以上頭入んねーんだもん‼　そしたらもうカンニングしかねーと思って……！」

そう言って項垂《うなだ》れる上鳴の前に八百万が跪《ひざまず》いた。

「上鳴さんっ、あなたはカンニングして雄英に入ったのですかっ？」

「ち、違う！　ギリギリだったかもしんねーけど、そこは正々堂々受験したぜ！」

必死に訴える上鳴を八百万は真剣な眼差《まなざ》しで見つめた。

「……なら、今回だってできるはずです。あなたはやればできる人です。私はそう信じています……！」

「……八百万先生ぇ……‼」

八百万の慈愛《じあい》あふれる先生オーラが、上鳴少年の荒《すさ》んだ心の氷を溶《と》かした。

（なんだこれ）

茶番のような展開をあきれた顔で見ていた耳郎だったが、上鳴はすっかり改心したようで涙を拭《ぬぐ》い机にむかった。

「オレ、がんばるよ、先生！」

「その意気ですわ、上鳴さん！」

「そうだ、一緒にがんばろうぜ！」

「みんなで林間合宿で肝試しだ！」

「とりあえず、赤点回避だね」

再び団結したみんなの目標は林間合宿だ。勉強会はまだまだ続く。

耳郎は自分なりの励ましをしようと、八百万母が作ってくれたクッキーをつまみ、上鳴の口に放りこんだ。

もう少しすれば、甘いケーキがやってくる。

Part《パート》.2

喧騒ロード

「A組のバスはこっちだ。席順に並びたまえ！」

A組委員長、飯田《いいだ》天哉《てんや》のいつも以上に張りきる声が雄英《ゆうえい》高校のバス乗り場に響《ひび》いた。

「いい天気でよかったね！」

「そだな」

出久《いずく》が大きなリュックサックを背負《せお》いなおしながら近くにいた轟《とどろき》焦凍《しょうと》にそう言うと、轟はそっけなく答えた。不愛想《ぶあいそう》なわけではなく、これが通常のテンションだった。

「ほんと、ヤオモモ先生様様だよー！　教えてくれてありがとうね！」

「サンキューな！　冬の期末とかでも勉強会してくれよー」

「ええ、私でお役に立てるのでしたら、ぜひ！」

勉強会でとくにお世話になった芦戸《あしど》と上鳴《かみなり》が八百万《やおよろず》にお礼を言う横で、耳郎《じろう》が上鳴に軽くケリを入れる。

「教えてもらう前に、自分でやれ」

「ぐわっ、耳郎、おまえ気軽に蹴《け》んなっつーの！」

少し離れたところでは、蛙吹梅雨《あすいつゆ》が麗日《うららか》お茶子《ちゃこ》の荷物を見て話しかける。

「あら、お茶子ちゃん、荷物少ないのね」

「うん、なるべくコンパクトにと思って。梅雨ちゃんのバッグ、大きいねぇ！」

「ええ、家にある一番大きなヤツよ。私も入れちゃうわ」

今日は林間合宿当日だ。期末テストで赤点をとったら林間合宿に行けないばかりか、学校で補習《ほしゅう》地獄……というのはA組担任の相澤消太《あいざわしょうた》の、生徒を追いこみ、やる気を出させるための合理的虚偽《きょぎ》だった。

筆記試験は全員合格点になったが、実技試験をクリアできなかった上鳴、切島《きりしま》、芦戸、砂藤力道《さとうりきどう》、そしてクリアしたもののミッドナイト先生の〝個性〟で眠らされていた瀬呂《せろ》も赤点扱《あつか》いになり、合宿をしながらの補習となった。なんのことはない、場所を移動しての地獄である。

とはいえ、全員で行ける一週間の林間合宿。

なかにはお茶子のように学校に通うために一人暮らしをしている生徒もいるが、ほとんどが実家住まいだ。親元を離れ、クラスメイトたちと過ごす合宿に、期待を膨《ふく》らますなというのも無理な話だろう。

それに、ショッピングモールで出久が敵《ヴイラン》連合の死柄木弔《しがらきとむら》と遭遇《そうぐう》するという事件もあり、例年の合宿先は変更になったらしい。生徒たちの中には、日常から離れることでわずかな不安を払拭《ふっしょく》したい気持ちもあるだろう。

「B組のバスはこっちだよー。早くしな」

B組委員長の拳藤一佳《けんどういっか》が声をかけると、B組生徒もぞろぞろとバスに乗りこんでいく。

合宿はヒーロー科であるA組とB組の合同だ。体育祭でB組の物間寧人《ものまねいと》や鉄哲徹鐵《てつてつてつてつ》などから対抗意識を燃やされたりしたものの、ふだんはクラスが違うと話す機会はあまりない。そのあたりも、そわそわした空気を作っている要因の一つになっていた。

「B組も粒《つぶ》ぞろい……」

そんななかで、一人だけ異様なテンションなのは峰田実《みねたみのる》だ。バスに乗りこむB組女子生徒をよだれを垂《た》らしながら、息荒く視姦《しかん》する。手は出していないが、その顔だけでセクハラで捕《つか》まりそうな性欲の権化《ごんげ》がそこにいた。

「峰田くん！　そっちはB組のバスだぞ。早く席順に並びたまえ！」

峰田の視線の意味など気づかない飯田が声をかける。脳内セクハラを中断され、峰田はしぶしぶA組バス乗り場に集まった。

「では、みんな席順で乗りこもう！」

飯田の提案に、芦戸が「えー」と不満の声をあげる。

「席順じゃなくてもいいじゃん。適当に自由に座ろうよー」

「しかし、席順のほうがスッと座っていけるではないか？」

「だぁって、せっかくの合宿なのにいつもと同じ席順じゃつまんないじゃん」

「芦戸くん、合宿は学校行事なのだから、つまらないとかいう感情は関係ないのでは」

「俺も自由に座りてー」

上鳴も声をあげたのを見て、飯田は少し考えてから口を開いた。

「では、ここは多数決で――」

「いいからさっさと乗れ。邪魔《じゃま》だ」

飯田の後ろから言葉を遮《さえぎ》ったのは相澤だった。その鶴《つる》の一声で、A組はささささっとバスに乗りこんでいく。相澤が無駄《むだ》な時間が大嫌《きら》いなのを、みんな骨身にしみて知っている。

車内は左右に二席ずつに分かれている四列シートの典型的な観光バスの造りだ。

「お茶子ちゃん、一緒に座らない？」

梅雨は席を探してキョロキョロしているお茶子に声をかける。

「うん！　座る座るー！」

「オレ、まーどぎわ！」

「ちょっと誰だよ、荷物邪魔ー」

「後ろの席ってヤンキー席って言わなかった?」

「――どこでもいいからさっさと座れ」

右往左往している車内も、またも地を這《は》うような相澤の鶴の一声で収《おさ》まった。


エンジンをかけたバスがわずかに振動して、それからゆっくりと走りだす。次第《しだい》にスピードを上げ流れる景色に、鶴の一声の効果はすぐに切れた。

「音楽流そうぜ! 夏っぽいの! チューブだ、チューブ!」

「バッカ、夏といや、キャロルの夏の終わりだぜ」

「終わるのかよ」

一番前の席に並んで座った上鳴と切島がスマホ片手に話す横で、同じく並んで座っている芦戸と葉隠透《はがくれとおる》がしりとりをしている。

「しりとりの『り』!」

「りそな銀行!」

「『う』! ウン十万円!」

車内は、まるで小学生の遠足のようなウキウキした賑《にぎ》やかさが充満していた。

「…………」

葉隠の前の席で、あまりの浮かれように相澤があきれたそのとき、委員長の使命感を帯《お》びた飯田が立ち上がり叫ぶ。席は上鳴の後ろで、その隣が出久だ。

「おおい、みんな！　静かにするんだ！　林間合宿のしおりに書いてあっただろう！　いつでも雄英高校生徒であることを忘れず、規律を重んじた行動をとるようにと……！」

だが、その声はウキウキの空気にかき消される。出久が気の毒そうになだめた。

「ま……まぁまぁ飯田くん。それより危ないから座ったほうがいいよ」

「ム、俺としたことが！」

（まぁいいか……）

相澤は注意するのをあきらめ仮眠をとるべく目をつむった。何度注意しても、不死鳥《ふしちょう》のように騒ぎが蘇《よみがえ》ってくるのはわかりきっている。若さあふれる生徒とこれから一週間、寝《しん》食《しょく》をともにしなければならないのだ。無駄なエネルギーを消費している場合ではない。

それに、騒いでいられるのも今のうちだけなのだから。

相澤がさっそく寝はじめたとき、梅雨がお茶子に赤く細長い箱を差し出した。

「お茶子ちゃん、ポッキー食べる？」

「食べるー！」

「ポッキーちょうだい」

「私も飴《あめ》もってきたの、はい！」

「ありがと」

「ねえ、ポッキーをちょうだいよ」

そう言ってお茶子たちの前の席から顔を覗《のぞ》かせるのは、青山優雅《あおやまゆうが》。葉隠の後ろで、青山の隣は轟だ。

「うおっ、青山くん！」

「そんなにポッキー好きだったの？　青山ちゃん」

差し出されたポッキーを「メルシィ」と一本もらいながら、青山は無駄に髪をかき上げてから言う。

「昨日《きのう》、荷物の準備で遅くなって寝坊してしまったのさ。それで朝食を食べ損《そこ》ねてしまったんだよね。だからせめてポッキーをと思ったのさ☆」

「せめてポッキーとは、ポッキーに失礼やで。プレッツェルとチョコレートの夢のハーモニーなんやから」

いつも節約生活をしているお茶子は、至極《しごく》真剣に贅沢品《ぜいたくひん》であるお菓子《かし》を擁護《ようご》した。ちなみに飴は実家から送られてきたものだ。

「はいはい、レディ」

青山はポッキーを食べ終えると、ポケットからサッとキラキラにデコレーションされた手鏡を取り出した。そしていろいろな角度から入念に身だしなみをチェックする。

「……眩《まぶ》しい」

隣で眠そうにしていた轟が、太陽の光が反射したらしく顔をしかめる。しかし青山は「ソーリー☆」と謝《あやま》って少し窓際《まどぎわ》に寄ったものの、一向に鏡を見るのをやめない。

「あぁ、朝日よりもまばゆい僕☆」

「……ブレないな、青山くん」

「そうね、ある意味立派《りっぱ》だわ」

お茶子と梅雨は真顔《まがお》でこっくりと頷《うなず》く。その後ろの席の爆豪《ばくごう》と常闇踏陰《とこやみふみかげ》は浮かれる空気にそっぽを向くように相澤と同じく目をつむっている。爆豪は寝ているが、常闇は気配を消すようにひっそりと瞑想《めいそう》していた。そして、その列の一番後ろの席は尾白《おじろ》と瀬呂。その隣の列には峰田と砂藤。

「芦戸じゃねーけど、肝試《きもだめ》しってワクワクすんな！　ワッと驚かすの楽しそうだし」

「ワッと後ろからおっぱい揉《も》んだりな！」

「いや、それ犯罪だから」

瀬呂と盛り上がる峰田にあきれ顔でつっこむ尾白。峰田の隣から砂藤が可愛《かわい》らしい包み紙を広げる。

「なぁ、お前らマシュマロ食う？　バニラとココアとイチゴ味だけどよ」

「なに、マシュマロおっぱい⁉」

峰田の頭は常《つね》に性に直結しているようだ。そんな峰田たちの前は、障子目蔵《しょうじめぞう》と口田甲司《こうだこうじ》。二人とも口数が少ないので、黙ったままだ。だが、障子が口を開く。

「口田」

「えっ、な、なに」

「……窓際に座るか？」

「あ、ううん大丈夫……」

「そうか」

再び沈黙する二人。ちなみに爆豪と常闇も同じ列なので、ひときわこの列だけが静かだった。

「ヤオモモ、これ聴《き》く？　クラシックをアレンジしてるバンドなんだ。最近ヘビロテ」

「まぁ、興味深いですわ」

「じゃ、一緒《いっしょ》に聴こ」

障子たちの前は耳郎と八百万。片方ずつのイヤホンで音楽を聴く。


「どうしたの？　梅雨ちゃん」

頭をひょっこり出して車内を見回している梅雨に、お茶子が声をかける。梅雨は「ううん」と席に座り直して口を開いた。

「遠足みたいね」

「そうかも。みんなで一緒にどっかでかけるって、テンション上がっちゃうよね。修学旅行とか！　ず〜っと起きて話そうなんて言ってたけど、いつのまにか寝ちゃうんだよね」

「お茶子ちゃんの修学旅行はどこだったの？」

「東京《とうきょう》！　夢の国、楽しかったぁ〜。梅雨ちゃんは？」

「北海道《ほっかいどう》だったわ」

「へえ〜、いいねえ！　カニ？」

「ええ、カニも美味《おい》しかったけど……ケロケロ」

「なに？　思い出し笑いするくらい美味しかったの？」

　思い出したようにケロケロと笑いをこぼした梅雨に、お茶子が首をかしげる。

「ううん、違うの。お友達の羽生子《はぶこ》ちゃんっていう子がいるんだけど、その子、とても寒さに弱くてね。私も強いほうじゃないんだけど、それ以上だったの。修学旅行、とても楽しみにしていたんだけど北海道に近づくにつれて眠気に襲われちゃって……」

「あらら。気候ばっかりはどうにもなんないもんねぇ」

「でもね、どうしても楽しむって言って、二人で考えたの。羽生子ちゃんが眠気に襲われないようにするためにはどうしたらいいのかしらって」

「うんうん」

「それでね、あったかくすればいいんじゃないかって思いついたのよ。だから、他のお友達から服をいっぱい借りて、あったかくしたわ」

「おお、作戦は成功？」

「ええ、でも着ぶくれしちゃってね。あまりにモコモコになっちゃって、雪だるまに間違われるほど。それがとっても可愛かったのよ」

「いい思い出ってヤツだね！」

「ええ」

にっこりと梅雨が笑ったとき、前の席からキランッと眩しい光が目に飛びこんできた。

青山が見ていた鏡だろうと、梅雨は声をかける。

「眩しいわ、青山ちゃん」

「ウィ……」

だが、返ってきたのはいつもと違うか細い声。梅雨とお茶子は、きょとんと顔を見合わせてから前の席を覗く。

「青山ちゃん？」

「う～……」

そこには、窓に頭を寄せて青い顔でぐったりしている青山がいた。だらんと垂《た》らした手にはしっかり手鏡が握《にぎ》られている。

「どうしたん？　青山くん」

心配そうなお茶子の声に、今まで出久と飯田の話を聞いていた轟が初めて気づいたように隣席の青山を見た。

「どうした」

そんな轟に出久と飯田も振り向く。

「たぶん、乗り物酔《よ》いね。ずっと鏡を見てたんでしょう」

梅雨がそう指摘すると、青色吐息《といき》の青山が反論する。

「……美しい僕を見ていて、気持ち悪くなるはずないだろう……?☆」

死にそうな顔で震えながらウィンクする青山に、梅雨はきっぱりと言った。

「変わらない態度は立派だと思うけど、無理しなくていいのよ?」

「ノンノン……無理なんか……無理……うっぷ」

何かがこみ上げてきた青山に、お茶子があわてる。

「吐《は》く!? 袋、袋!」

「……美しい僕が美しくないものを吐くわけない……。たとえ吐いたとしても、キラキラしたものしか吐かない……おっぷ」

ウキウキとしていたり、はたまた静かにしていた面々も騒ぎに気づきだす。

「え? なに、青山酔ったの?」

「まぁそれは大変ですわ!」

「大丈夫ー?」

「鏡見て酔った? アホだなー」

「……自業自得《じごうじとく》……」

それぞれが感想をもらすなか、冷静に梅雨がアドバイスする。

「とりあえず窓を少し開《あ》けましょう。それから衣服をゆるめて横になると少しはラクになるはずよ」

「わかった」

隣の轟が窓を開け、青山を横にならせるべく席を立ち、肘《ひじ》置きをしまう。青山は自分で襟首《えりくび》をゆるめて、「メルシィ……☆」と横になった。

「轟くん、席……あっ、僕、代わるよ！」

立ったままの轟に出久が声をかけると、轟は「大丈夫だ」と屈《かが》んだ。

ガション。

轟は補助イスを倒すとそこに座った。補助イスは小さく、背もたれが低い。つまり全面的に背を預けられない。

ちょこんと座っている轟を見た芦戸があっけらかんと笑った。

「轟、補助イス似合わないねー！」

「確かに！」

同意する葉隠。

「……補助イスに似合う似合わないなんてあんのか？」

わずかに首をかしげる轟に、隣に座っている出久は申《もう》し訳《わけ》ないような気持ちでたまらな

SMASH!!
MY HERO ACADEMIA
僕のヒーローアカデミア
雄英白書

くなり、思わず立ち上がった。

「と、轟くんっ、やっぱり僕が代わるよ！　僕のほうが小さいし！」

「いや、ここは委員長として俺が！」

出久の隣で、飯田もすっくと立ち上がり片手をぶんぶんと振り回した。思わず手を動かしてしまうのは飯田のクセだ。

「いや！　飯田くんだともっと申し訳なくなるよ！」

「いいや!!　こういう時こそ委員長としてみんなをフォローせねば！　なんなら空気イスでも大丈夫だ！」

「空気イスなら僕もできるから！」

お会計のときに、「ここは私が」「いいえ、私が」などともめているような光景に、轟が立ち上がり、二人の肩を叩き言う。

「大丈夫だ。イスなんて座れりゃなんでもいいだろ」

「そうよ、それにとりあえず今は青山ちゃんの具合のほうが大事だわ」

梅雨の指摘に、「それもそうだ」と出久と飯田はしゅんと腰を下ろす。轟も再び、ちょこんと腰を下ろした。そんな出久たちの前から、切島がスマホを見ながら口を開く。

「乗り物酔いに効《き》くツボがあるらしいぜ！　手首から指二本分下んとこを、押すといいら

しい」

どうやら乗り物酔いに効くことはないかと調べてくれていたようだ。

「わかった」

青山に一番近い轟は、自然とその役目を請《う》け負《お》い、青山の手を持とうとする。だが指が触れようとしたとき、ハッとその顔を強張《こわば》らせた。

「……俺じゃダメだ……」

「どうしたの、轟くん」

深刻そうに呟《つぶや》いた轟に、周囲の注目が集まる。まるで告解《こっかい》でもするように息を詰まらせる轟が自分の手をじっと見つめた。

「俺が関《かか》わると、手がダメになっちまうかもしれねえ……」

「は?」

「ハンドクラッシャー……」

何も知らない芦戸たちがきょとんとするなかで、出久と飯田がブッと吹き出す。

ヒーロー殺しと戦った保須《ほす》事件が元でケガをした二人が入院した際、飯田の後遺症の残った手と、体育祭で戦ったときにボロボロになってしまった出久の手を思い出した轟が、出久と自分が関わると相手の手がダメになってしまうかもしれないと懸念《けねん》していたのだ。出久と飯田は冗談だと受け取ったが、轟はいたって本気だった。

「俺にはお前のツボは押せねえ……誰か代わりにやってくれ」

「……いや、僕自分でできるから……。ていうかほっといてくれていいから……」

「あとは……気をまぎらわすといいらしいぜ！」

その切島の言葉に、芦戸が「あ！　じゃあさ」と声をあげる。

「みんなで順番にしりとりしてかない？」

芦戸の提案に、出久はハッとしてブツブツと呟きはじめた。

「それは確かにいいかもしれないな……。一見単純だけど、単純だからこそ気軽に、さまざまなワードを思い浮かべることで集中できるぞ。しかも言葉《ことば》尻《じり》の一文字から始まるワードは思った以上に限られる。そのうえ、熟考する時間はない。あまり時間をかけると周《まわ》りから急《せ》かされる。そのプレッシャーのなかで考えなければいけない。考えるって行為自体が脳細胞を活性化させるし、精神面も鍛《きた》えられる……一挙両得《いっきょりょうとく》じゃないか」

「おお、デクくんのブツブツ、久しぶりって感じ！」

お茶子が嬉《うれ》しそうに笑顔を見せる。「えっ、そ、そうかな」と照れる出久の横で飯田が立ち上がり、後ろを向き声を張りあげた。

「と、いうことで、みんな！　乗り物酔いで苦しんでいる青山くんのためにしりとりをしよう！」

「しりとりぃ？」

「小学生じゃねーんだからさー」

不満げな峰田と苦笑《くしょう》する瀬呂に、芦戸が反論する。

「いーじゃん、しりとり！　暇つぶしといえばしりとりじゃん！」

「暇つぶしかよ」

「青山くんのためだぞ、芦戸くん！　それに、せっかくの合宿だ。こうしてみんなで共同作業をすることも協調性を育《はぐく》むのではないか⁉」

張りきる飯田に、乗り気でなかった峰田たちも「しょーがーねーなー」と承諾《しょうだく》した。

「よし、ではなるべく青山くんに考える時間を与えるために、上鳴くん、切島くん、俺、緑谷《みどりや》くん……とこちら側から繋《つな》げていこう」

「オッケー。で、最初はどうする？」

「林間合宿の『く』、でいいんじゃない？」

葉隠の言葉に、上鳴は「『く』、なー」と考え悩んだ挙句《あげく》、「クッキー」と言う。

「どうしてもあのクッキーが頭から離れねえ……」

「んじゃ、次は俺だな。『き』……『き』……筋肉！」

「『く』……くるぶし！　一日の終わりにエンジンを点検していて、必ず見るからな」

「『し』かぁ……ん〜……あ、シンリンカムイ！」

パッと顔を上げた出久に轟が言う。

「好きだな、ヒーロー」

「じゃ、次は私ですわね。『い』……韋編三絶《いへんさんぜつ》、ですわ。読書や勉強に熱心に励《はげ》むことのたとえです」

一人頷《うなず》く八百万の横で、耳郎が考えこんで眉《まゆ》を寄せる。

「『つ』かぁ……『つ』……あ、ツーウェイスピーカー……ブッ」

「どうかしましたの？」

「上鳴が二人になって、ウェイウェイ言ってるとこ想像しちゃった……ブフォッ」

「勝手に想像して笑ってんじゃねーよっ」

前の席から身を乗り出し上鳴が抗議するが、耳郎の笑いは止まらない。その後方で〝個性〟の複製腕《ふくせいわん》の口で障子がしゃべりだす。

「次は俺か……。『か』……『か』……腕《かいな》。次は『な』だぞ。口田」

「『な』……『な』……『な』……なまけもの……？」

「なんで疑問形なんだよー。『の』だな。『の』ー……ノルマンド！」

「なんだ、そりゃ」

砂藤のワードに隣の峰田がつっこみを入れる。

「フランスのノルマンディ地方スタイルの料理のことだよ。リンゴとかバターとか生クリームとか、ノルマンディの特産品を使ってるヤツだな」

「リンゴ……」

砂藤のしりとりに、常闇が好物のリンゴにピクッと反応したが、それに気づくものはいなかった。

「じゃ、オイラの番だな。『ど』……毒婦《どくふ》。女はみんな性悪《しょうわる》なんだぜ……」

爪を齧《かじ》る峰田に、隣の瀬呂が真顔《まがお》で聞く。

「ほんと、マウントレディんとこで何があったんだ、お前」

「もう二度と女のこと信用できなくなる覚悟があるなら、話してやってもいいぜ……」

「いや、絶対いい。えーとなんだっけ？『ふ』？ ん〜、どうしよっかなー……じゃあ、麩《ふ》！」

「『ふ』？」

きょとんとする次の順番の尾白に、瀬呂は少し得意げに語りだした。

「お麩の麩だよ。知ってるか？ 麩には、コラーゲンを生成する機能を活発にしてくれる成分が入ってんだぜー」

コラーゲンという単語に葉隠が「やばい、お麩食べなきゃ！」と反応する。〝個性〟で透明化しているとはいえ、やはりお肌を気にするあたりは女の子だ。

「ていうか、詳《くわ》しいね」

「俺、体に良さそうな食べ物好きなのよ」

「なんかずるいよな、一文字渡し」

「へっへー、頭脳戦ですよ、しりとりは」

にやりと笑う瀬呂に、尾白は少し恨《うら》めしそうな視線をやってから考えこむ。

「『ふ』ねえ……『ふ』……あ、封筒！」

「なんだよ、普通だな」

「べつにいいだろ、普通で……」

瀬呂に拍子抜《ひょうしぬ》けしたように言われ、尾白は解《げ》せない顔をする。その前の席で常闇は「くだらん……」と言わんばかりに静観していた。

「次、常闇くんだぞ」

なかなか答えようとしない常闇を飯田が促《うなが》す。梅雨も席の間から顔を覗かせた。

「『う』よ、常闇ちゃん。『う』」

「………丑三《うしみ》つ」

しかたないというふうに答えた常闇のワードに、お茶子が感心したように頷く。

「おお～、なんかぽい。じゃ、次は爆豪くん……って、寝てる」

我《われ》関せずで寝ている爆豪を、後ろの席の瀬呂がユサユサと揺する。それを振り返って見ていた出久は、「勇気あるなぁ……」と瀬呂の遠慮のなさに恐々《きようきよう》ながらも妙に感心した。

「おーい、爆豪、起きろよ～。お前の番だぞ～」

「……んあ？」

揺さぶられ、さすがに爆豪が目を覚《さ》ます。

「お前の番だって、しりとり」

「『つ』だよ。爆豪くん。『つ』！」

みんなの視線を集めて、寝起きの爆豪の眉が不機嫌《ふきげん》そうに寄せられる。

「………あぁ？　しりとりだぁ？」

「うん、『つ』」

平然と促すお茶子に、「勇気あるなぁ……」と出久はまたも感心する。そんな出久の顔が目に入ったのか、爆豪の血圧が一気に上がる。

「つまんねーことしてんじゃねえ！　ガキか!!」

「『か』、ね」

冷静に頷く梅雨。「勝手に繋げてんじゃねえ！」という爆豪を置き去りにし、ワードではなかったが、しりとりは続いていく。

「梅雨ちゃんが『か』といえば、やっぱり……」

お茶子の言葉に梅雨はわずかに考えてから口を開く。

「カエル……にしようかと思ったけど、カタツムリにするわ」

「『り』かぁ～……『り』……旅費！」

きっぱりと言いきったお茶子。梅雨が席の間から青山を覗く。

「『ひ』よ、青山ちゃん。具合は……」

「うえっぷ……」

青山はまだ青い顔をしてぐったりとしている。

「まだ無理そうね……。それじゃ、先に轟ちゃんに答えてもらおうかしら」

「あぁ……『ひ』だったな……。『ひ』……『ひ』……『ひ』……」

指名された轟が考えこむ。乏《とぼ》しい表情で、「ひ、ひ、ひ」と言っている様子《ようす》にみんなの注目が集まる。そんなことには気づかず、じっくりと考えていた轟が「あ」と、ひらめいたように顔を上げた。

「氷点《ひょうてん》」

「……終わっちゃったよ、轟くん！」

思わず声をあげる出久。

「ええ～っ、答えたかったのにぃ！」

「あ、わりぃ」

前の席の芦戸からブーブーと不満げな声が飛ぶが、轟はさして気にする様子もなくマイペースに謝る。仕切り直すように飯田が言った。

「では、もう一度『ひ』から始めよう！」


「待って、飯田ちゃん。もしかしたら青山ちゃんがずっと続けて答えを考えられるようなもののほうが、いいかもしれないわ。そのほうが気がまぎれると思うのよ」

ぐったりとしたままの青山を見ながらの梅雨の言葉に、飯田は「うむ、それもそうだな」と神妙に頷いた。

「では、クイズなどどうだろう？」

「おー、いいじゃん。バス移動っぽい」

上鳴の声に、飯田は「そうだろう」と自信の笑みを浮かべて、口を開く。

「では、まず委員長の俺からクイズを出させてもらおう。回答権は青山くんが最優先だが、青山くんが答えられなかったら、回答権はみんなに平等に移行するぞ！　では、第一問。……$(x-1)(x-2)(x-4)(x-7)+16$を因数分解しなさい！」

「そんなのクイズじゃなくてただの勉強だろうがー!!」

激昂《げっこう》する上鳴に飯田は心外とばかりに驚いて言葉を返す。

「高校生らしいクイズじゃないか!?」

「クイズってのは、もっと雑学っつーか、楽しいもんなんだよ！　緑谷っ、見本見せてやれ！」

「えっ、僕!?　そ、そうだなぁ……」

急に指名され驚く出久だったが、少し考えて「それじゃあ簡単なのを……」と、口を開いた。

「その昔、オールマイトが特集された情熱大陸での密着取材中に、道路に飛び出した犬をオールマイトが助けましたが、さて、その犬の名前はなんだったでしょう？」

「オールマイト自身の問題かと思いきや!!」

出久のクイズにお茶子がつっこむと、出久は少し恥ずかしそうにしながら言う。

「だって、オールマイトのことならみんなに知られてるからさ……。本当は三年前の月刊ヒーローのオールマイト特集で、『私が』って何回言ったか、とか、その時していたネクタイの柄《がら》は、とかにしようかと思ったんだけど……」

「いや、さすがに知らねえよ⁉」

切島に驚かれ、逆に出久も目を見開く。

「えっ、そうなの⁉　みんな、数えたりしないの⁉　オールマイトの服装もチェックしたりしないの⁉」

「緑谷ちゃん、さすがオールマイトオタクね」

オタクとはある意味、自分の道を究《きわ》める者。出久は自分のオールマイト愛を認められたような気持ちになり、「えへへ……」と頬《ほお》をゆるませた。

「褒《ほ》められてねーよ‼　クソナード！」

幸せそうにはにかむ出久の様子に爆豪が牙《きば》を剝《む》く。爆豪の導火線にすぐ火をつけるのは、いつでも相容《あいい》れない幼《おさな》なじみだ。いや、もしかしたら無意識に自《みずか》ら火をつけているのかもしれない。そんな水と油を置いておき、飯田が青山に話しかける。

「青山くん、犬の名前だそうだ！」

「いや……知るわけないし……」

窓からの風に髪を揺らしながら、げんなりと答える青山の足先で、なにやらずっと考えこんでいた轟が出久に顔を向ける。そして言った。

「…………ポチか？」

「惜《お》しい！　ポンタでした！」

「なんだ、このほのぼのクイズ」

そうあきれたように上鳴が呟いたとき、そこに割って入る声があった。


「どいつもこいつも、まったくわかってねーなぁ」

最後列からそう言ったのは峰田だった。ふんぞり返る姿勢で全員を見回す。

「男の気がまぎれるっていえば、一つしかねーだろうが。オイラがとっておきの話をしてやるぜ」

「ちょっと、エロ話なんかすんなよ」

嫌《いや》そうに眉をしかめて耳郎が峰田を振り返る。それに八百万も続いた。

「そうですわ、下品な話はおよしになって」

「オイラは男の気がまぎれる話って言っただけですけどぉ？」

「アンタの口から出てくるのは、エロだけでしょーが！」

「そうだ、そうだー！」

女子たちのブーイングを峰田は、小馬鹿《こばか》にしたような顔で聞き流す。対立の空気をなんとかしようと飯田が精一杯《せいいっぱい》背を伸ばして峰田を振り返った。

「そうだぞ、峰田くん！　ここはバスの中だ。聞きたくない者がいる以上、ムリヤリ話をすることは反対する！」

「委員長……オイラだってＴＰＯをわきまえる男だぜ。それともなにか？　恐怖政治でクラスを抑《おさ》えるのが委員長なのか？」

「いいや！　そんなことは決してない！　俺はみんなの意見を平等に尊重するつもりだ！」

「なら、話してもねえのに止めるっていうのはおかしかないか？」

「ム……それもそうだな。ならば、とりあえず聞いてみようではないか」

清廉潔白《せいれんけっぱく》な飯田を丸めこんだ峰田と、やすやすと丸めこまれてしまった飯田にまたも女子のブーイングが復活する。そんなブーイングの陰《かげ》に隠れながら、一部の男子が無言で期待を膨《ふく》らませていた。

「……あれは、オイラが小学生の頃。レンタルビデオ屋の十八禁コーナーのカーテンを潜《くぐ》るのを止められた、ちょうど百回目の帰りのことだった……」

神妙《しんみょう》な面持《おもも》ちで語りだした峰田に、瀬呂があきれる。

「小学生からかよ！」

「しょっぱなからエロじゃん！」

芦戸が最前列からブーイングするが、峰田は「こんなんでエロなんて片腹《かたはら》痛いわ!!」と、ハッと鼻で笑って続ける。

「とにかく、そのレンタルビデオ屋からの帰り、近所の河川敷《かせんじき》を歩いているとオイラの足元に紙が飛んできたんだ。Ａ４の真っ白の紙……。エロ本でもねーし、最初は見過ごそうかと思った。だが、あとから思えば直感が働いたんだな。オイラはなんとなくその紙を拾《ひろ》い上《あ》げた。裏返すと、文字がびっしり書き連ねられていた。小学校では習っていないごちゃごちゃした漢字がいっぱいだ。それでもオイラは、それにただならぬモノを感じた」

「何を感じたんだよ？」

隣から聞いてくる砂藤に、峰田は答える。

「紙面からにじみ出る熱気だな。ともかく、これはえらいもんだと思い、家にこっそり持って帰ることにした。だが当然漢字は読めねえ。だから必死で漢字辞書をひいたぜ……。

嬲《なぶ》る……舐《ねぶ》る……淫靡《いんび》……。そこに書いてあったのは、小説の一ページ目だったんだ。夫に先立たれた美貌《びぼう》の若妻が、残された借金返済のために裏社会に身を堕《お》とす……」

「小学生で読む内容じゃないね」

苦笑する尾白に峰田はふんと鼻を鳴らす。

「バカか。文学の扉は全年齢に平等に開かれるんだぜ」

「っていうかエロ小説だろ」

軽蔑《けいべつ》の視線を向ける耳郎に、峰田はさらに鼻息を荒くした。

「官能《かんのう》文学だよ！　いいか、エロと官能は天と地ほど違う。エロが陽《よう》なら、官能は陰《いん》！　エロがカイロなら、官能はたき火！　エロが温泉スパなら、官能は山奥の秘湯《ひとう》！　エロがファストフードなら、官能は懐石《かいせき》料理！　エロが――」

峰田には一家言《いっかげん》あるようだ。とめどなくあふれ出てきそうなエロと官能のたとえに、障子の複製腕の口が割って入る。

「わかったから、落ち着け」

「ケッ、くだらねえ」

苦虫《にがむし》でも噛《か》んだように苦々《にがにが》しい顔をして、爆豪はそのままた寝に入った。その横で常闇も「同意する」と目をつむり、また瞑想に入る。

そんな二人を気にすることなく、峰田は再開する。

「とにかく、オイラは続きが気になってしかたなかったから、次の日河川敷で続きを探した。そうしたら飛ばされたみたいに所々に落ちてたな。オイラは必死にその紙を拾《ひろ》っていた。だが、そのとき、一人の中年のホームレスが近づいてきたんだ。オイラが集めた紙を見て、『返してくれ……』と手を伸ばしてきやがった。だからオイラは『これは俺が拾ったから俺のだ！』って走って逃げた」

「えー？　本当にその人のだったらどうすんのよ」

「泥棒になっちゃうだろ」

最前列から峰田を見ている芦戸と切島。峰田はまぁまぁと落ち着かせるように小さな手を大きな態度で振る。

「まぁ聞けよ。……で、オイラは家に帰って続きを辞書で調べながら読んだ。主人公の若妻は裏社会の人間相手にセクシーショーダンサーとして隠れていた才能を開花《かいか》させ、頭角《とうかく》を現していく。ボーイとの恋、同業者とのキャットファイト、オーナーとの愛人契約……から芽生《めば》える真実の愛……」

「え、なにそれ」

「そういうの嫌いじゃない……」

渋々《しぶしぶ》の態度で聞いていた女子たちが、真実の愛というワードに引っかかった。思春期の女子にとって恋や愛は、時として甘いケーキよりも魅力的だ。

峰田は食いついてきた魚を眺めるように車内を見回してから、もったいぶったように続ける。

「だが主人公のために裏社会から手を引こうとしたオーナーを、嫉妬《しっと》に狂ったボーイがボスに密告し、凶弾《きょうだん》に倒れるオーナー……。ショックを受ける主人公を囲い者にするボス。主人公は愛欲に溺《おぼ》れることでオーナーの死から目をそらそうとする」

「わかる！　つらいときは何かに縋《すが》りたくなっちゃうよね！」

「ボーイ、許すまじ」

頷いているらしい葉隠に、キラリと格闘家の目になるお茶子。「つーか何のボス？」と、上鳴が首をかしげた。

「しかし、その過激さを増していく愛欲の日々に、先に戸惑《とまど》ったのはボスのほうだった。いつのまにか主人公に、今まで感じたことのない愛《いと》おしさが芽生《めば》えていたのだ……」

情感をこめる峰田の声に、耳郎が訝《いぶか》しげに言う。

「え、愛、芽生えすぎじゃね？」

「いいや、俺にはわかる！　男って純情なんだよ！」

切島が熱く拳《こぶし》を握った。

「主人公はそんなボスの想いに気づかず、自分は飽《あ》きられたのだと思い、手当たり次第《しだい》に男を誘惑して自分に罰《ばつ》を与えるように、男たちの言いなりになっていく……」

「やめてー！　自分を傷つけんなよ！　大切にしろよー！」

上鳴が主人公のあられもない痴態《ちたい》を想像したのか、痛ましそうに叫んだ。チャラそうでも、男はやはり純情のようだ。

「だが、そんな主人公に意外な人物が手を差し伸べた――」

堂に入った峰田のトークに、一部を除きすっかり食いついた聴衆《ちょうしゅう》が期待して声をあげる。

「うんうん！」

「それでそれで！」

だが、そんな期待を裏切るように峰田は言う。

「……ってとこで紙がなくなった」

「マジかよ！　どうなったんだよ、主人公！」

ぶつ切りに思わず声をあげる切島。みんなの期待を一心に浴びながら、峰田は、その先をさらに期待させるようにニヤリと笑った。

「で、オイラは続きを探しにまた河川敷に行った。目を皿にして探したが、続きはなかなか見つからない。拾ったのはもう何日も前のことだ。あきらめ帰ろうとしたそのとき、あの中年のホームレスがまたいたんだ。そのおっさんが一枚の紙を差し出した。『君が探していたのは、これじゃないのかい』って。それはあの小説の続きだった。聞くと、なんとこの小説を書いたのはおっさんだっつーんだ」

予想外の展開に上鳴が思わず身を乗り出す。

「ええ、マジで！」

「話を聞くと、おっさんは昔から官能小説家になりたかったらしい。だが、勇気がなく一人でずっと書いていた。あるとき、とうとう脱サラして小説家になると家族に宣言した。当然家族は猛反対。おっさんはたまらず家出して、一週間前から河川敷で暮らしていたらしい」

「大人《おとな》が家出するのはどうなのでしょう。現実から逃避しては、叶《かな》う夢も叶いませんわ」

「まぁまぁそう言うなよ。で、一人になったおっさんは家族からの反対を思い返し、すっかり自信をなくした。もう夢はあきらめようかと思って書き溜めていた小説を捨てようとしたそのとき、いたずらな風が原稿用紙を飛ばしてしまった。で、その一枚がオイラの足元に来たってわけだ。……オイラはおっさんに言った。辞書で漢字を引きながら読むほど、あんたの小説はエロ……いやおもしろいって！」

「今、エロっつったろ」

しっかりと聞いていた耳郎のつっこみを、峰田は華麗《かれい》にスルーする。

「オイラが熱く感想を語ると、おっさんは涙を流して喜んだ。『これで夢をあきらめられる』って……。オイラは言ったね。泣きながら『バカヤローッ』って。こんな興奮する小説をこれからも書いて、オイラを楽しませてくれって……できれば、もっとおっぱいの描写を増やしてくれって……！」

「バカヤローはお前だよ」

瀬呂のつっこみも峰田は華麗にスルーする。

「それでおっさんは自信を取り戻した。もう一度チャレンジすると言って笑顔で握手して別れた。……それから一年後、おっさんは新進気鋭の官能小説家としてデビューしたぜ」

「おおー！　すげーじゃん！」

「今度、Ｖシネで作品が映像化もされるぜ！　十八禁コーナーに入るみてーで、オイラが観《み》れるのはまだ先なんだけどな」

おっさんの夢が叶ったと知り、一瞬車内にほんわかした空気が流れた。だが切島が小さく首をかしげる。

「つーかエロ話じゃなかったよな……？」

それに出久も同意するように首をかしげた。

「なんていうか……微妙にいい話みたいな……そうじゃないような……」

消化不良を抱《かか》えた一部の男子が、なんとも言えない顔で首をかしげた。葉隠が「ねえねえ！」と声をかける。

「で、その小説の続きはどうなったの？」

そんな葉隠の声に、とたんに峰田の顔が性欲にまみれる。血走った目とだらしない口もとでニヤリとゲスく笑って言った。

「……へっ、知りたけりゃ、オイラの家に来いよ。おっさんのサイン本見せてやるぜ」

「うわ、サイッテー！」

あからさまな誘いに再び女子のブーイングが蘇《よみがえ》った。峰田はブーイングを男の勲章《くんしょう》とばかりに涼しく小憎《こにく》たらしい顔で受け入れる。そして話し終え満足したのか、勝利の美酒のように持ってきたジュースをゴクゴクと飲《の》み干《ほ》した。


そんななか、梅雨は青山を覗きこむ。

「青山ちゃん、具合はどう？」

「……よけい悪くなった気がする……」

青山はまったく気がまぎれなかったようだ。梅雨は見かねたように考えこんでから、口を開いた。

「それじゃ、今度は私が気がまぎれる話をするわね。この話をしたとき、弟が真剣に聞いてくれたの」

「おー、梅雨ちゃんが？」

切島が興味をひかれたように振り返る。梅雨は「ええ」と頷いてから、ゆっくりと話しだした。

「……私がまだ子供の頃の話よ。初めて一人で田舎《いなか》の親戚《しんせき》のお家《うち》へお泊りに行ったの。二つ上のお姉さんがいてね、一緒にきれいな浅い川で水遊びをしたり、セミを見つけたり、ひまわり畑でかくれんぼしたりしたの」

「へえー、いいねぇ」

お茶子が理想の田舎の風景を思い浮かべて、ほわわと顔をゆるませる。そしてみんなも峰田のと違い、今度はほのぼのした話のようだと気を楽にした。

「そして遊んでいるうちに、同じ年くらいの女の子が『一緒にあそぼ』って言ってきたの。

私はもちろん快諾《かいだく》したわ。だって、みんな一緒に遊んだほうが楽しいもの。それに、新しいお友達ができてとっても嬉しかった。でも、そのうちお姉さんは用事を思い出して、『先に戻ってて』って行ってしまったの」

「えー、梅雨ちゃんを置いて？」

「家はすぐそこだったから。でも、私とその子はまだ帰りたくなかったから、二人で遊んでいたの。その子はとっても元気な子で、私たちは日が暮れるまで遊んだわ。さすがにもう帰らなきゃって言ったんだけど、その子はまだ遊びたいって言うの」

「子供んときって、無限に遊べるよな」

うんうんと頷く切島に、飯田が少し眉を寄せる。

「しかし、あまり遅くなるとご親戚が心配するだろう」

「ええ、私もそう思ってまた明日《あした》って言ったんだけど、その子は遊びたいって泣いちゃったのよ。だから、私、もうちょっとだけ遊ぶことにしたわ。そうしたら、その子、とっても嬉しかったみたいで、秘密の場所に連れていってあげるっていうのよ。蛍《ほたる》がいっぱい見られるんだって」

「蛍か～、幻想的だね」

うっとりとした口調の葉隠に、青山がわずかに顔を上げる。

「蛍より僕のがまばゆい……」

「お、青山が反応した」

生まれたての小鹿のように震えながら言う青山を芦戸が見守る。青山はたとえ具合が悪くても光るものには反応するようだ。

とにかく峰田の話より食いついたのは確か。それを確認して梅雨は続ける。

「それでね、その子に手を引かれて山のほうへ入っていったの。細い小道。小さな赤い鳥《とり》居《い》をくぐったわ。あたりはどんどん暗くなるけど、一人じゃなかったから怖《こわ》くなかったわ。それでね、しばらく歩いて着いた、その秘密の場所にはとってもたくさんの蛍が舞っていたの。まるで光の雨かと思うくらいだったわ」

「うわぁ見てみたい〜！」

緑深い山の中に舞う、月を凝縮したような幽玄《ゆうげん》な光がそこかしこで消えては現れ、現れては消える。瞬《まばた》きするのも忘れるだろう光の乱舞。

そんな光景をみんなそれぞれ心の中で思い浮かべ、うっとりとする。そんななかで青山がまた震えながら呟いた。

「僕のほうが光の雨……」

そんな青山やみんなを見回してから、梅雨は話の先を続けるべくそっと息を吸った。

「――あんまりキレイでしばらく眺めていたと思うわ。そのうちに私を探す親戚の人の声が聞こえてきたの。だから二人で急いで山を下《お》りたの。急ぎながら『秘密の場所、教えてくれてありがとう』ってその子に言ったら、『絶対に秘密ね』って笑ったわ。二人の約束にしたの。それでね、山を出て親戚の人の元へ駆け寄ったわ。お姉さんも泣きながら心配してくれていて……それでお姉さんに聞かれたの。『今まで一人で遊んでたの？』って。私は『この子と一緒だったわ』って振り返ったの。そうしたら……そこには、誰もいなかったのよ」

「え？」

最後の一言で一変した空気に、みんなの顔が固まる。

「いつのまに帰っちゃったのかしらって思ったんだけど、お姉さんにその子のこと聞いたら知らないっていうのよ。ずっとお姉さんと私の二人だけで遊んでたって」

「それってもしかして……」

「あとから聞いたんだけど、その地域って昔からよく子供が神隠しに遭《あ》うんですって。もしかしたら、山で亡《な》くなった子供がお友達を探しているのかもしれないわね。一緒に蛍を見ているときに捕まえようと思ったら怒ってこう言われたわ。『あなたも蛍になっちゃうよ』って……。そうそう、次の日にあの場所を探そうとしたんだけど、小道も、小さな赤い鳥居も見つけられなかったわ。あの場所はいったいなんだったのかしら……？」

淡々とした梅雨の声が逆に恐怖を煽《あお》り立《た》てる。ホラー系が苦手《にがて》な耳郎と葉隠とお茶子が絶叫する。

「……ひぃ!!!」

「ひぎゃー!!」

「怖い話なら、怖い話って先に言ってぇー!!」

女子だけでなく、ほのぼの系かと思いきやの怪談展開に男子たちの顔も青ざめていた。

「これから林間なのに……」

「山、やべぇ……神隠されちゃう……」

「あら？　そんなに怖かった？　弟はおもしろがって聞いてくれるんだけど」

「……お前ら、うるさい。もうすぐバス止まるぞ」

さすがに目の覚めた相澤が不機嫌そうに振り返ると、車内は一瞬で授業前の教室のように静まった。

相澤の言葉どおり、少しして休憩所も何もないパーキングスペースにバスが止まる。窓から見える景色は建物など見当たらない、見渡す限りの山ばかりだ。

「さっさと降りろよ」

相澤に促され、みんなそれぞれ休憩かと伸びをしたりしながら立ち上がる。ジュースを飲みすぎた峰田が「おしっこしてえ」とぶるりと体を震わせた。

「う〜ん……」

青山がダルそうに体を起こしたのを見て、梅雨が声をかける。

「どう青山ちゃん、少しは気がまぎれた？」

「まぎれてないけど、蛍より僕のほうがまばゆいからね……？」

青山はそう言いながら、手鏡を覗きこんで髪型を整《ととの》える。

「はいはい。具合悪くても、身だしなみに手を抜かないのは尊敬するわ」

「そんなの当たり前……ん？……ん？」

鏡を見ていた青山が、ふと気づいたように肩を上下させたり、おなかに手を置いたりする。それに気づいた芦戸たちも「青山、大丈夫ー？」など声をかけるが、当の本人はケロリとした様子で言った。

「……なんか、治《なお》ったみたい☆」

さっきまで悪かった顔色が良くなっている。ウィンクもいつものようにこなれたものだ。

「バスが止まったからかしら？」

きょとんと首をかしげる梅雨に、青山はすらりと細い人差し指を立て「ノンノン☆」と横に振っていつもの気障《きざ》な笑顔を見せた。

「美しい僕の顔を見たからだよ☆」

完全復活したらしいいつもの少し鬱陶《うっとう》しい青山に、バスを降りながらみんなが「なんだよ、心配させやがってー」「心配かえせ」などと声をかけていく。青山も一緒に飄々《ひょうひょう》とした様子でバスを降りていった。

「……ケロケロ……」

「どうしたの、梅雨ちゃん」

文句を言うみんなの様子を見て笑った梅雨に、お茶子が声をかける。

梅雨にはその光景がとても微笑《ほほえ》ましく見えたのだ。しりとりしたり、クイズをしたり、話をしたり……。文句は心配の裏返しなのだろう。

「なんやかんやみんな優しいわ」

入学してからまだ半年。けれど、とても密度の濃い時間を過ごしてきたクラスメイトたちの新しい一面が見られたような気がする。そして、これからもっとそういう時間を過ごしていくのだろうと思うと、梅雨は今回の合宿がさらに楽しみになった気がした。

「おい、さっさとしろ」

最後になった梅雨とお茶子に相澤が声をかける。二人は急いでバスを降りた。そして広い空、広大な山々を堪能《たんのう》しながら、新鮮な空気を思いきり吸いこむ。

山に続く眼下に広がる森は鬱蒼《うっそう》としている。

のどかな遠足気分に浸《ひた》っていた1—Aの面々は、数分後、まさかそこに自分たちが放りこまれることなど欠片《かけら》も想像していない。

いよいよ、試練を与えられまくる林間合宿が始まろうとしていた。

Part《パート》.3

のぞきバカ一代

小さなドアを抜け、やってきた薄暗がりの中で男はじっと息を潜《ひそ》めた。

自分の存在を闇《やみ》に同化させるように。

次の作業が、この計画の要《かなめ》だ。何百回と頭の中でシミュレーションを繰《く》り返《かえ》してきた。

ここで失敗すればすべてが水の泡と化す。この作業を成《な》し遂《と》げるには、冷静な判断力、そして素早《すばや》い実行が鍵となる。

足下の湿った土は、昼間の暑さを離さないようにわずかに温《あたた》かかった。

いや、己《おのれ》の熱が移ったのかもしれない。男はそう思い至り、皮肉《ひにく》な笑《え》みを浮かべた。

自分の甘さを認識した男は、神経を、そして肉体の熱ささえコントロールしようと精神を研《と》ぎ澄《す》ませた。

男には、成し遂げなければいけない計画があった。

そのためならば、たとえ命を落としたとしても男は笑って死ねるだろう。

両側にそびえ立つ高い壁の間で、男の耳に聞こえるのは、夜風に揺れる木々のざわめきとわずかに波打つ水音。それらが壁の向こうに誰もいないことを知らせてくれていた。

どんな計画にも、無駄《むだ》な時間は組みこまれていない。

男には、自分の精神の湖がまるで鏡のように静まっていることを感じ取れた。次の瞬間、その水面を揺らさぬように無駄な動きなどいっさいせず、わずかに膨《ふく》らんだ服の隙間《すきま》に手を伸ばし、忍ばせていた器具を取り出す。小型ドリルだ。あらかじめ狙《ねら》いを定《さだ》めていた木製の壁にその先端角を押し当てた。

ギュルルと金属が木材を削《けず》っていく音があたりに響いた。狭い空間のなか、やけに大きく聞こえるが、男がそれにあわてることはない。ここで躊躇《ちゅうちょ》などするなら、ここに来る資格などないのだ。男の覚悟はとうの昔に決まっている。


プッッ。


男の手に伝わる圧力がなくなった。ドリルの先端が壁を貫通したのだ。

貫通。その響きに男は蘇《よみがえ》りそうになる体の熱を無理矢理押しこめた。計画は慎重に進めなければいけないと己に言い聞かせる。

わずか五ミリほど空《あ》いた穴から、壁の外の明かりが薄暗がりに差しこんだ。

そのベールのように淡《あわ》い明かりは、まるで重い雲の切れ間から太陽の光が差しこむ薄明《はくめい》光線《こうせん》のように男の目には映《うつ》った。薄明光線は別名、天国の階段とも呼ばれている。

――あぁそうさ、この光の先にあるのはきっと天国だ。

男はごくりと喉《のど》を鳴らし、小型ドリルを置くと、興奮で震えそうになる体で近づき、そっと穴を覗《のぞ》いた。

見開く視界に広がるのは、かすかに湯気《ゆげ》の立つ露天風呂《ろてんぶろ》。

覗いている男は、他でもない性欲の権化《ごんげ》、峰田《みねた》実《みのる》だ。なんのことはない。計画とは女露天風呂を覗くことである。

峰田は、入学する前からこの日を楽しみにしてきたのだ。いや、本能に従うならば生まれる前からといっても過言《かごん》ではない。

女体《にょたい》。その言葉を思い浮かべるだけで、峰田は自分が生きていることを実感し、生まれてきた意味を悟《さと》る。女体はすべての男の故郷《ふるさと》なのだ。実家に帰省することに、なんの戸惑《とまど》いがあろう。

だが、残念ながら実家の門は固い。

峰田が入れてくれと門を叩《たた》くほど、そのセキュリティは峰田を不審者《ふしんしゃ》だと認識する。叩けば叩くほど、騒げば騒ぐほど、峰田は不審者から格上げされ、ついには犯罪者と格付けされてしまう。

けれど、それでも峰田はあきらめることを知らない。

実家に入れてもらえないなら、せめて外から実家を見たい。そう願うのは、自然の流れだった。

そして、待ちに待った念願の合宿初日を迎えたのは、昨日《きのう》のこと。

昨日は高まる期待のまま、そして本能のままに壁を男湯から越えようとした。だが、壁一枚だと思っていたそれはなんと二枚壁で、間がわずかに空いていた。そして当然のように上《のぼ》ってきた峰田を、間《ま》で待ち構《かま》えていた出水《いずみ》洸汰《こうた》に阻《はば》まれてしまったのだ。

洸汰とは、合宿先であるマタタビ荘を営《いとな》んでいるワイルド・ワイルド・プッシーキャッツの一人、マンダレイの従甥《じゅうせい》である。ワイルド・ワイルド・プッシーキャッツは山岳救助などを得意とするヒーロー集団だ。

今回の合宿の目的は、緊急時における〝個性〟行使《こうし》の限定許可証、ヒーロー活動認可資格の仮免《かりめん》を取らせるための強化合宿だった。通常二年前期で修得《しゅうとく》予定のものだったが、活性化してきた敵《ヴィラン》に対して自衛の術《すべ》を持たせようとの学校の判断だった。

二日目の今日、朝五時半から、みっちり〝個性〟を伸ばす訓練を受けたあとだが、ごはんとデザートが別腹になるように、峰田の体力も女体のためならいくらでも湧《わ》き上《あ》がる。

とにかく、峰田にとって予想外の二枚壁だったが、それでも抜かりはなかった。峰田はこの時のために、テスト終わりから様々な準備をしてきたのだ。

鍵の掛かっていた壁の間へと通じるドアをピッキングで開け、侵入し、これまた用意してきた小型ドリルで穴を空けたのだ。

ちなみに、昨日の峰田が女風呂を覗こうとした件が問題になり、やはり男子と女子の入浴時間がずらされることになった。先にパパパッと入らされた男子が隣の露天風呂に来ることはない。そして、A組男子とB組男子でなにやらわいわいしていたので、A組男子が峰田を探しにくることもないだろう。つまり、峰田にとっては絶好の機会なのだ。

峰田は穴の視界を確かめると、離れてそっと目を閉じ、時を待った。今から爛々《らんらん》と目を光らせていてはいざ本番というときに相澤《あいざわ》先生のようにドライアイになってしまう。最善の状態で、最高のものを見るためだ。

峰田の頭上には、細長く切り取られた夜空がある。都会と違い、その夜空は深く、星は無数に姿を見せていた。小さな宝石の欠片《かけら》のように光り輝いている。

木々のざわめき。夜行性の鳥の声。蒸すような土の匂《にお》い。小さな虫の息吹《いぶき》。

夏の夜のすべてを、峰田は無の境地で受け入れる。

悟りでも啓《ひら》けそうだったそのとき、峰田の耳に福音《ふくいん》がもたらされた。

カラカラと内湯から露天風呂への戸が開いた音がする。峰田は光の速さで穴を覗いた。

「!?」

峰田は愕然《がくぜん》とした。さっきまではかすかに出ているくらいだった湯気《ゆげ》が、風にあおられでもしたのか、もうもうと立ちこめて視界が白い。

(このクソ湯気め……!!)

地獄に堕《お》ちろと言わんばかりに、湯気を呪《のろ》う峰田。だが、その湯気の向こうにぼんやりと人影が見えた。

「あー、やっぱ露天っていいな」

「疲れがとれますわね」

「ん」

その声を峰田は瞬時に分析する。B組委員長の拳藤《けんどう》と、ツルの〝個性〟を持つ塩崎茨《しおざきいばら》と、黒髪ボブの小大唯《こだいゆい》だ。他にも数人のはしゃぐような声がしている。

そう、峰田の今宵《こよい》のターゲットはB組女子だった。A組女子からは昨日の件もあり、親の仇《かたき》のように警戒されていたので見送り、狙いをB組女子に定めたのだ。峰田は女子のチェックは欠《か》かさない。B組女子のレベルの高さも相当なものだ。相手にとって不足はない。

「あれ？　唯、背中に傷あるよ。ちょこっと」

「ん？」

「もしかして私のツルがさっき当たってしまったから……申《もう》し訳《わけ》ありません！」

「んーん」

「大丈夫だってさ」

裸の女子が女子の背中を確認している。峰田は、湯気の向こうの光景を思い浮かべた。

『茨って意外と胸あるよね』

『そうですか？』

『ん』

『揉《も》むと大きくなるって本当かなー？　よし、試《ため》しに揉んでみよ』

『あっ、ちょ……』

峰田の脳内では、百合《ゆり》の花が咲き乱れようとしていた。天国である。パラダイスである。

なんなら、自分が女になって素知《そし》らぬ顔でそこに加わりたいとさえ思った。

だが、憤慨《ふんがい》とともに耐える。なぜ、女体を目の前にしながら妄想《もうそう》で補《おぎな》わなければならないのかと。

「っ……フーッ!!」

MY HERO ACADEMIA
僕《ボク》のヒーローアカデミア
雄英白書

峰田は大きく息を吸いこみ、穴から盛大に息を吹きこんだ。湯気を押し流すためだ。顔を真っ赤にしながら吹いては覗き、吹いては覗きを繰り返す。女体のためならどんな努力も惜しまないのが峰田という男だ。

「…………！」

酸欠状態のクラクラする頭で、やや湯気が晴れてきたかと思った峰田の視界に、数人の人影が近づいてくるのが見えた。峰田は一瞬で酸欠の頭も忘れた。このまま近づいてくれば、どんなに湯気が濃くとも、ぼんやりと生まれたままの姿を拝《おが》むことができるだろう。

峰田は息を殺し、爛々《らんらん》と目を輝かせた。血走る目は落っこちてしまいそうなほど見開かれている。

だが、そのとき、ここにいるはずのない声が聞こえてきた。

「あー……こんなところに穴が……塞《ふさ》がなきゃ」

「その前におしおきでしょ」

次の瞬間、峰田の目に懐かしい衝撃が突き刺さった。穴の向こうからやってきたのは、耳郎《じろう》の〝個性〟のイヤホンジャック。以前、更衣室でも、峰田は刺されていた。

ドックン!!!

「うぎゃあああ!!」

間髪《かんはつ》入れず耳郎の心臓の音が注入《ちゅうにゅう》され、叫ぶ峰田。だが、捕《つか》まるわけにはいかない。今ならまだ証拠不十分で逃げきれると、峰田はふらふらしながら出口に向かおうとする。だが、猛追《もうつい》の手はゆるまない。

ジュワワワ……！

穴から注入された液体が壁を溶《と》かしながら、峰田へと降りかかった。

「ぎゃあああ⁉」

溶けた壁の向こうから見えたのは、芦戸《あしど》だ。〝個性〟の酸《さん》で壁を溶かし、峰田に降りかけおしおきする。

そこにいたのは二人だけではない。A組女子とB組女子が全員集合していた。

先ほどのB組女子の会話は峰田を油断《ゆだん》させるための演技、そしてもうもうと立ちこめた湯気は八百万《やおよろず》がドライアイスを作り出し、目くらましをしていたのだ。

「やはり警戒しておいてよかったですわ」

八百万が嘆《なげ》く横で、拳藤が「ほんと、ありがとね」と、A組女子たちにお礼を言う。

「峰田くん、覗きはあかん！」

「いつか捕まるわよ、峰田ちゃん」

「あっ、ドリルとか持ってきてるよ！　用意周到《しゅうとう》すぎっ」

詰め寄る女子たちに、逃げようとしていた峰田の女子たちを見る顔がゆっくりと歪《ゆが》んでいく。あっというまにそれは憤怒《ふんぬ》の表情になった。そして叫ぶ。

「風呂場で服着てるなんざ、ルール違反だろうが!!!」

「……はぁ!?」

女子たちは、当然服を着ていた。警戒して見回りにきたのだから、当たり前である。

「オイラは旅番組の温泉で、バスタオル使うタレントは認めねえ派なんだよー!!!」

反省よりも性欲。勝手極《きわ》まりない峰田の言い分に、女子たちの導火線《どうかせん》に火がついた。

「さいっ……てー!!」

「ルール違反はお前だ!!」

「あぁ!?　なんならオイラが脱いで見本をみせてや――」

言いかけた峰田の視界に巨大な手がフルスイングでやってきた。拳藤の〝個性〟大拳《たいけん》だ。

「ぶごっ!!」

トラックに突っこまれたような衝撃とともに、峰田の体と意識が飛んだ。

「…………んあ？」

峰田が目を覚ますと、どんぐり眼《まなこ》のラグドールに覗きこまれていた。

「アハハハハハ！　目、覚めた？　マンダレイ、ピクシーボブ、起きたよー！」

ラグドールが振り返って呼ぶと、すぐにマンダレイとピクシーボブがやってきた。峰田があたりを見回そうとすると、体が動かないことに気づく。縄《なわ》でガッチガチに縛《しば》られていた。ちょっとやそっとでは外《はず》れそうもない。

「悪いけどそれは外してあげられないよ。イレイザーから容赦《ようしゃ》なくって言われてるからね」

咎《とが》めるように言うマンダレイの隣で、ピクシーボブがあきれながら笑う。

「いやー、しかし本当に壁に穴空けてまで女風呂覗こうとする高校生がいるなんてね」

その言葉で峰田は、女風呂を覗こうとしてバレてぶっ飛ばされたことを思い出した。

（あいつら、神聖な風呂場をなんだと思ってやがる……風呂に入るからにはマッパだろうが……！）

気絶から目覚めても峰田は峰田だった。憤慨を思い出し、フンと鼻を鳴らしながらあたりを見回すと事務机やソファーなどがあった。どうやら合宿所の事務所のようだ。

「……さて、私たちもそろそろ入るか」

「そだねー。汗流してすっきりしたい」

「おっふろ〜」

マンダレイたちの会話に、峰田はハッとして見上げる。

見上げるマンダレイたちの格好《かっこう》はワイルド・ワイルド・プッシーキャッツの衣装のままだ。下から見るそれぞれの二つの山、つまりおっぱいに峰田は魅《み》せられた。

なぜ山に登るのかと聞かれたら、登山家は言う。そこに山があるからさ、と。

峰田も言うだろう。なぜセクハラするのかと聞かれたら、そこにおっぱいがあるからさ、と。そして女子は言うだろう。そんなもん知るか、と。

峰田の視線に気づいたマンダレイが、あきれたようにため息を吐《つ》く。そこには大人《おとな》の余裕が表れていた。同じく気づいたピクシーボブがからかうようにニヤリと笑って言った。

「一緒《いっしょ》に入る？　なんてねー」

「こら、からかわないの。峰田くん、私たちのお風呂が終わるまでは、ここにいてね」

「鍵も閉めちゃうよーん」

「じゃあね〜」

そう言って、マンダレイたちは峰田を置き、出ていった。ガチャリと鍵も忘れない。

「…………」

耳を澄ませて、足音が完全に聞こえなくなってから、峰田は縄から抜け出そうと身じろぎした。

「ぐっ……むぅう～っ」

やはりきつく縛られているため簡単には抜け出せそうもない……ように見えたその時、どんな魔法か峰田はするりと縄を抜け出した。

峰田はこんなこともあろうかと、縄抜けをマスターしていたのだ。そして、事務机の上に置いてあったクリップを目ざとく見つける。それをこなれた手つきで細工すると、これまた簡単にドアを開けた。

峰田はわずかな足音も立てず、まるで忍びの者のように建物から足早に抜け出す。そして、宵闇《よいやみ》にまぎれやってきたのは露天風呂の外。外も壁で覆《おお》われているが、峰田は〝個性〟のもぎもぎでいとも簡単に露天風呂の中へと侵入した。

性欲にかられた峰田の前に、もはや壁など存在しない。

「――プルスウルトラ」

峰田は渋《しぶ》く呟《つぶや》く。だが、風呂にはまだ誰もいなかった。きっと今頃更衣室で服でも脱いでいるのだろう。

自分の手際《てぎわ》の良さに、峰田は満足げにやれやれと息を吐いた。しかし、女が服を脱ぐのを待つ時間は、今まで感じたどの時間よりも濃密な希望に満ちている。ブラックコーヒーでも飲みたい気分だ。このひと時を優雅に味わいたい。

しかも相手は大人の女。

さっき見上げた連峰《れんぽう》を思い出し、峰田の相貌《そうぼう》がでろりと崩《くず》れる。大きな山ほど、登りがいがある。そんな山々を同時に制覇《せいは》することができたら、わが人生に一片《いっぺん》の悔《く》いなしだ。

そんな峰田の脳裏《のうり》に、ピクシーボブの言葉が蘇る。

『一緒に入る？』

続いたはずの『なんてね』は、峰田の脳内で都合《つごう》よく処理され記憶からキレイさっぱり消去された。だが、それだけでは終わらない。

『一緒に入る……？』

峰田の脳内のピクシーボブが、わずかに恥じらいだした。

『一緒に入ろ～？』

恥じらいから、おねだりへ。

『一緒に入ってくれたら、イイことしてあ・げ・る♡』

そして一気に、痴女《ちじょ》になった。

「さすが大人の女だぜ……!!」

　都合よく解釈《かいしゃく》した脳内のピクシーボブに、峰田の鼻から行き場を求めた熱い血潮《ちしお》が噴き出す。石畳《いしだたみ》に落ちた鼻血の量は、ちょっとした湯けむり温泉殺人事件だ。

　ピクシーボブは、自分と混浴したくてたまらないに違いない。

　峰田の脳内で、ピクシーボブとの混浴が開始された。濡れた肌と肌のふれあい。お湯に浮かぶおっぱい。「あー、ピクシーボブだけずるい〜」とマンダレイとラグドールも入ってきて、峰田を取り合う。腕に当たるおっぱいに次ぐおっぱい。おっぱいがいっぱいだ。夢いっぱいだ。おっぱいに乾杯だ。いや、むしろおっぱいに完敗だ。峰田の頭の中はすでにおっぱいに占拠《せんきょ》されていた。もう自分がおっぱいになってしまったような錯覚さえ覚えながら、峰田の足は本能のまま内湯《うちゆ》の扉へと向かう。


　ガラス戸になっているそこから内湯が見えた。湯気がたって見えにくいが、洗い場でもこもことした泡を立てながら頭を洗っている人影がいる。

　峰田がおっぱいに占拠されている間に、ピクシーボブはもう入ってきたのだろう。

「ずいぶん待たせちまったな、おっぱい……」

そう渋く呟くと、峰田はバッとジャージを脱いだ。神聖な風呂場は真っ裸がドレスコードだ。そっと引き戸を開け、内湯に侵入する峰田。隠密《おんみつ》行動の採点ならきっと満点だろう。

フンフン～♪

ご機嫌なのか、頭を洗いながらピクシーボブは鼻歌を歌っていた。ずいぶんくぐもって聞こえるのは、きっと反響のせいだろう。

そしてピクシーボブの体は、これまたもこもこの泡で覆《おお》われていた。頭と一緒に体を洗ってしまおうという、時間短縮タイプなのだろう。だが、峰田は別の可能性も思い当たった。

（——なるほど、泡プレイか）

ピクシーボブの体にまとわりついている泡は、体の二倍以上あるようだ。

だからそんなにもこもこなのかと、峰田は欲望まみれの頭で分析した。泡プレイも悪くない。いや、むしろどんとこいだと峰田は思った。

あの泡の中に、とうとう女体が……!!!

辛抱《しんぼう》たまらなくなった峰田は、いざ男の故郷へと突進した。

「ただいま、おっぱーい!!　……ん？」

峰田は後ろから抱きつくと同時に、前方へと手を伸ばした。だが、おっぱいに届くどころか、背中らしき平面の域を出ない。それも、平面といえど妙にごつごつと隆起《りゅうき》している。まるで、たくましい男の背中のようだと思ったそのとき、力強い手が峰田をつかんだ。

「……ほう、我の風呂を覗くとはいい度胸だ……」

「ひっ⁉」

そこにいたのはワイルド・ワイルド・プッシーキャッツの一人、虎《とら》だった。マンダレイたちは、万が一に備《そな》えて男湯と女湯を入れ替えていたのだ。

峰田が逃げだそうとした瞬間、投げ飛ばされたかと思うや否《いな》や、起き上がる前に太い足で床《ゆか》に押しつけられた。

呆然自失《ぼうぜんじしつ》の峰田の前で、虎の体にまとわりついていた泡がゆっくりと流れ落ち、筋骨隆々とした立派な男体が露《あらわ》になる。

――峰田は知らない。虎が元女性であることを。

峰田はある意味、女体の神秘を目撃していた。

「何か言い残すことがあれば聞いてやろう……」

「――さ、最後におっぱいをせめてひと揉み……！」

「奪衣婆《だつえば》のおっぱいでも揉むんだな‼」

奪衣婆とは、三途の川へ渡し賃を持たずにやってきた亡者《もうじゃ》の衣服をはぎ取る鬼である。

「ぎゃああああああー！！！」

夏の夜空に、峰田の断末魔《だんまつま》が響き渡った。

Part《パート》. 4

AB合同女子会

「……ん？　今、なんか聞こえた？」

「……男子の声っぽかったけど」

布団《ふとん》に寝転《ねころ》がっているだろう葉隠《はがくれ》の声に、近くの窓辺《まどべ》で涼《すず》んでいた耳郎《じろう》が答える。

「あ〜、ご飯のとき、揉《も》めてたもんね！　B組と」

「男ってアホだよなー……あ、でもさっきの、峰田《みねた》の声っぽかったかも」

峰田という単語に、「うえ〜補習やだよ〜」と同じく自分の布団でごろごろしていた芦《あし》戸《ど》がむくっと顔を上げた。

「おしおきでもされてんのかなっ？　されちゃえばいいんだー！」

その顔にはまだまだクールダウンしない怒《いか》りが表れている。

「ほんまやね！」

「一度痛い目に遭《あ》わないとわからないかもしれませんわね」

部屋の隅《すみ》で梅雨《つゆ》に背を押してもらいながらストレッチをしていたお茶子《ちゃこ》と、その近くで荷物整理をしていた八百万《やおよろず》も憤《いきどお》る。

ここはＡ組女子部屋。男子より人数が少ない女子の部屋は、シンプルな和室だ。六人分の布団を敷いてしまえば、あとはわずかな余裕しかない。それでも寝るだけなのだから、ちょうどいい広さだ。豪邸に住んでいる八百万は部屋の狭さに驚きはしたが、合宿というのはこういうものだと早々に納得したようだ。

「もっと深く刺しときゃよかった」

「もっと酸《さん》の濃度、濃くしとけばよかったー！」

Ａ組女子たちは、Ｂ組女子を覗《のぞ》こうとしていた峰田を退治したあとだ。

犯罪者はいつでも憎むべき敵《ヴィラン》だが、性犯罪者は女子にとってとくに憎むべき敵《ヴィラン》である。

鼻息荒くなる芦戸たちに、梅雨が「でも」と冷静な声で呟《つぶや》く。

「峰田ちゃんのことだから、そうそう変わらないと思うわ。今までだって痛い目に遭ったけど、相変わらずだったもの」

「それは……そうかも……」

梅雨の言葉に、それぞれ峰田の今までの所業《しょぎょう》を思い浮かべた。峰田を割ったら、百パーセント性欲でできているんじゃないかと思うような性欲の権化《ごんげ》である。女子たちは、げんなりと納得してしまった。

「それでも、今回は他のクラスの女子にまで被害が及ぶところでしたわ……。同じＡ組として恥ずかしい……」

八百万が副委員長としての責任を感じているのか、深刻そうに首を振ったそのとき、ドアノックの音に続いて声がした。

「拳藤《けんどう》だけど、ちょっといいかな」


意外な人物の訪問に、A組女子たちはなんだろうと顔を見合わせた。布団に寝転がっていた芦戸たちも起き上がる。八百万が視線でみんなの確認をとると、「ええ、もちろんですわ」とドアを開けて出迎える。

そこには拳藤を先頭に、同じB組の小大《こだい》と塩崎《しおざき》、そして片目が前髪で隠れている柳《やなぎ》レイ子《こ》がいた。拳藤は持っていた袋を八百万に差し出す。

「さっきはありがとね、これお礼」

「お礼？」

「えー、なになに？」

お礼と言われて、芦戸が興味をひかれるまま袋を覗きに近づく。お茶子たちも芦戸に続き、袋を覗いた。芦戸が嬉《うれ》しそうに声をあげる。

「お菓子だーっ」

そこにはいろいろな種類のお菓子が入っていた。

「持ってきたお菓子の詰め合わせで悪いんだけどさ」

Ｂ組女子たちが持ち寄ったお菓子なのだろう。個別包装されたクッキーや、チョコレートなどがある。

「でも何の……」

と、首をかしげた八百万がハッとする。

「もしかして峰田さんの件ですか？　それならばそんな必要はありませんわ！　むしろ、Ａ組《ウチ》の峰田さんが大変なご迷惑をかけるところだったんですもの……！」

まるで出来の悪い息子を持った母親のような八百万に、拳藤がきょとんとして笑った。

「そんな気にすんなよ。結果的に大丈夫だったんだから」

「それに教えてくれたからこそ未然に防げたんだし」

後ろからそう言ったのは柳。その横にいる小大が「ん」と同意する。柳と同じく、拳藤の後ろにいた塩崎が祈るように手を組み、一歩前に進み出てくる。

「これは私たちの感謝の気持ちです。ここに来られなかった取蔭《とかげ》さん、小森《こもり》さん、角取《つのとり》さんも直接お礼を言いたかったと申しておりました。ですが、ブラド先生から今日の訓練の注意点があると呼び出されてしまいまして……」

取蔭切奈《せつな》はややきつめの顔立ちをしているが、バス乗り場でA組に気さくに話しかけてきた生徒、小森希乃子《きのこ》は小柄《こがら》で髪型がきのこのような生徒で、角取ポニーは大きな角と大きな丸い目が愛らしい生徒だ。

「だからさ、これもらってよっ。ほんの気持ち」

再度袋を差し出した拳藤。けれど、まだ気が咎《とが》めるのか、「でも……」と受け取ろうとしない八百万の代わりに芦戸が「それじゃ、ありがたく！」と受け取る。

「芦戸さんっ？」

戸惑《とまど》う八百万に耳郎たちが声をかける。

「まーまー、ヤオモモ。せっかく持ってきてくれたんだし」

「そうよ、八百万ちゃん。気持ちを無下《むげ》にするのはよくないわ」

「でも、私たちは当たり前のことをしただけですし……」

それでもためらう八百万を見て、「ん〜」と考えこむような声を出していた葉隠《はがくれ》が、いいこと思いついたとばかりに言った。

「それじゃ、みんなで食べようよ！」

「えっ？」

宙に浮かぶ部屋着の顔があるだろう部分を振り返るみんなに、葉隠はにこっと微笑《ほほえ》む。

「女子会しよー！　女子会！　せっかくだし」

女子会。その魅惑《みわく》的な響きに女子たちの顔が綻《ほころ》ぶ。

「さんせー！　こういう機会もなかなかないしね」

「まぁ……女子会……」

「え、ほんとにいいの？」

「もちろんよ。それに、男子たちも男子たちで集まってるみたいだし」

「ん」

「……じゃ、やっちゃう？　女子会」

「やっちゃうー!!」

速攻《そっこう》で盛り上がった女子たちは、部屋の真ん中にお菓子を広げ、自販機でジュースを購《こう》入《にゅう》し、布団をクッション代わりに車座《くるまざ》になった。Ａ組の女子たちも自分たちのお菓子を持

SMASH

MY HERO ACADEMIA
僕のヒーローアカデミア
雄英白書

ち寄り、ジュースで乾杯をする。甘いお菓子は口と心をゆるりと溶《と》かしていく。加えて合宿というシチュエーション。夜に女の子同士でのおしゃべりなど、気分が盛り上がらないはずがない。

八百万がほんのりと上気した顔でわくわくと周囲を見回して口を開く。

「……実は私、女子会初めてなんですけど……、どういうことをするのが女子会なんでしょうか？」

その言葉に、芦戸が答える。

「女子が集まって、なんか食べながら話すのが女子会なんじゃないの？」

だが、それに葉隠が、見えないがチッチッチッと指を振る。

「女子会といえば……恋バナでしょうがー！」

その言葉にこれまた女子のテンションが一気に上がる。

「そうだ、恋バナだ！　女子会っぽい！」

「うわぁ～」

「恋ねぇ」

盛り上がる芦戸に、ほんのり顔を赤らめるお茶子に梅雨。

「えー……」

「あー、そういうノリか」

戸惑う耳郎に、苦笑《くしょう》する拳藤。

「こ、恋⁉ そんなっ、結婚前ですのに……!」

戸惑いつつもまんざらでもなさそうな八百万と、慈愛《じあい》満ちるシスターのような塩崎。

「そのとおりですわ。そもそも結婚というのは神の御前《ごぜん》での約束で……」

「鯉《こい》バナナ?」

「んーん」

首をかしげる柳に首を振る小大。

それぞれテンションの違いはあるものの、女子会の話題は恋バナに決定した。

「それじゃ、付き合ってる人がいる人ー!」

言い出しっぺの葉隠が音頭を取るように話題を振る。だが、誰も彼もワクワクとした視線を周囲に送るだけで、名乗り出る女子はいない。そんな沈黙が数秒続いて、葉隠が愕然《がくぜん》として声をあげる。

「……えっ、誰もいないの⁉」

みんながワクワクとした顔を引っこめて、「え、ほんとに?」と周囲に確認する。誰も隠しているそぶりさえない。どうやら、本当に誰もいないようだ。

この事実に女子たちはわずかな危機感を覚えた。

なぜなら、ヒーロー科のない普通の高校に進んだ友人たちから、彼氏ができただの、はたまた他の友達に彼氏ができたらしいなどの話をちらほら聞いていたからだ。

世間の女子高生たちは、どうも恋という青春を楽しんでいるらしい。

「中学のときは受験勉強でそれどころじゃなかったけど、雄英《ゆうえい》に入ったら入ったで、それどころじゃないもんなー」

苦笑《にがわら》いする拳藤にみんながうんうんと深く頷《うなず》く。

ヒーロー科は月曜日から土曜日までびっしりと授業が入っている。ヒーローになるためには、学ばなければならないことがそれほどたくさんあるのだ。演習に加えて、当然普通科目の宿題も出る。時間はいくらあっても足《た》りない。

「うわー、でも恋バナしたい！　キュンキュンしたいよー！　ね、片思いでもいいから誰か好きな人いないのー？」

芦戸は身を乗り出してみんなを見回す。どうやら一度ついてしまった恋バナという火は、なかなか消せないらしい。こうなったら他人のふんどしならぬ、他人の恋心でキュンキュンしたいのだ。

「好きな人……」

『君、彼のこと好きなの？』

「っ！」

お茶子はまたも期末実技試験で青山《あおやま》に言われたことを思い出してしまった。脳裏《のうり》に浮かんだのは、出久《いずく》の顔。

「あら？　どうしたのお茶子ちゃん」

「あー！　もしかして好きな人いるの⁉」

真《ま》っ赤《か》に染まったお茶子の顔を見て、葉隠のテンションが上がる。

「おっおらんよっ⁉　おるわけないしっ」

「その焦《あせ》り方はあやしいな～？」

「誰、誰っ？　女の子だけの秘密にしとくから！」

恋バナクレクレになった葉隠と芦戸に詰め寄られ、お茶子はますます顔を赤くしながら焦りまくる。

「いやっ、これはその、そういうんと違くてっ」

「そういうのってどういうの～？」

「ほらほら、吐いちゃいなよ。……恋、してるんだろ？」

「っ……ほんまそういうんじゃ～！」

まるで取り調べのようなノリの葉隠と芦戸から出た恋という単語に、またも浮かびそうになる出久の顔を消すように、お茶子は手をブンブンと振る。その手が葉隠と芦戸に触れてしまい、〝個性〟の無重力《ゼログラビティ》で二人は浮かび上がった。

「ひゃっ?」

「うわっ」

「あっ、ごめん〜！」

あわててお茶子が解除すると、ポスンッと布団の上に落下した。

「でもほんまそういうんと違うから！　なんというか、そういう話が久しぶりすぎて動悸《どうき》がしたというかっ」

「どれだけ久しぶりなんだ」

少しあきれたような耳郎の言葉に、葉隠と芦戸も「そっかー」「ごめんごめん」と軽く謝《あやま》りながら、元の位置へと戻る。お茶子は微妙な気持ちになりながらも、なんとかごまかせたようで小さくホッと胸を撫《な》でおろした。だが次の瞬間、ハッとする。

（……ん⁉　いや、ごまかすというか、話題がそれたからホッとしただけであって、ごまかすようなことはないし！　そうそう、ただ青山くんがヘンなこと言うもんやから、ただちょっと気になって……いや、気になってといっても、そういうアレじゃないしっ。アレっていうか、そういうアレなんて何のことやら、そう、私とデクくんはそういうんじゃなくて……私とデクくんって！　いや、べつに二人で一つとかそういうんじゃなくて、ただ単に繋《つな》げただけで、そうそれだけ）

「お茶子ちゃん？　なんだか疲れてるわね」

「いや、ちょっと動悸がおさまらへんだけ……」

考えすぎてぱたっと布団に倒れこむお茶子に梅雨が冷静に言う。

「動悸が長引くようなら病院に行ったほうがいいわ」

「病院で治《なお》るといいなぁ……」

「大丈夫ですか？　恋の話が久しぶりすぎて、体に支障が出てくるなんて……。神様はなんと残酷な体質をお作りになったのでしょう」

隣に座っていた塩崎が、慈悲《じひ》深い手つきでお茶子の頭を慈《いつく》しむように撫でる。その様子《ようす》に、芦戸がまたも奮起した。

「やっぱり女子は、適度に恋バナしなきゃダメなんだよ！　他に誰か、好きな人いないのーっ？」

だが、今度もやはり誰もいなかった。がっくりと落ちこむ芦戸に柳が声をかける。

「そんな恋バナに限定しなくても」

「んー、でもさやっぱキュンキュンしたくないっ？　だって女の子だもんっ」

べつに、どうしても彼氏が欲しいわけではない。恋がしたいわけでもない。今はヒーローを目指《めざ》すことに精一杯力を尽《つ》くさなければならないことをよくわかっているから。

だが、一度あのキュンキュンする感じを思い出してしまっては、どうしてもキュンキュンしなければ気がおさまらない。

キュンッと心臓がせつなく縮こまるような、あの甘い痺《しび》れるような感じ。

心が一瞬で満たされてしまう魔法のような感覚。

それさえあれば、しばらくそれだけで生きていけそうな気がするほど。

キュンキュンするのは自分の中の女の子の部分の栄養なのだ。合宿の夜のわずかな自由時間くらい、栄養補給してもいいではないか。

そんな芦戸の気持ちが伝わったのか、みんな「そうだねー」と考えこんだり、頷いたりする。

だが、頭でいくら考えたところでリアルな恋バナなど降りてきそうもない。

行き詰まった迷える女子たちに、葉隠が「それじゃあさ」と提案する。

「妄想《もうそう》でキュンキュンしようよ！」

「妄想？」

きょとんとする梅雨に、柳も首をかしげる。

「いや、それはさすがにちょっと」

「妄想っていうか、想像？　例《たと》えばA組とB組の中で彼氏にするなら誰!?　みたいなの」

葉隠の提案に、「それいいかも」と芦戸が食いつく。

「でも、どなたか一人を選ぶというのは……」

「女子会っていっても要するに井戸端《いどばた》会議みたいなもんだろ？　あれやこれや雑談すんのもコミュニケーションの一環《いっかん》だって」

まだ戸惑う八百万に、隣で慣れた様子であぐらをかいている拳藤がニッと笑う。その表情は度量の広さを感じさせ、八百万も「そうですわね……なにごとも経験ですね」と納得する。

「じゃあさっそく……彼氏にするなら誰がいい!?」

「彼氏かー……」

そう言って、女子たちはう〜んと考えこむ。お茶子が一人、ぽっと顔を赤らめてブンブンと首を振ったが、みんなそれぞれ思考していたのでそれに気づく者はいなかった。

「いざ彼氏って考えてみると、誰もピンとこないんだよねぇ」

芦戸がムーッと唇《くちびる》を尖《とが》らせる。買い物する気満々で店に行ったのに、肝心《かんじん》の商品が置いていなかったような気分だ。欲しいものが何もない。

「そうだね、そもそもそういう気持ちで今まで見たことがなかったし」

拳藤が言うと八百万も困ったように頷く。

「同級生であり、ヒーローを目指す仲間でもあり、ライバルでもありますものね……」

「つーか、彼氏にしたい男がいないっていうのが一番大きいんじゃや？」

「それを言ったらおしまいよ、耳郎ちゃん」

「……あ」

そのとき、何かを思い出したように八百万が声をあげる。

「なに？　ヤオモモ。彼氏にしたい人いたー⁉」

期待満々の芦戸に詰め寄られ、八百万が少し困ったように笑う。

「私じゃなくて耳郎さんですわ」

「は？　ウチ？」

驚く耳郎に隣の八百万が、初めての恋バナに少し照れたように話しだす。

「耳郎さんは、よく上鳴《かみなり》さんと仲良くお話しているなと思い出しまして……。上鳴さんはいかがですの？」

「ちょ、ヤメテ！　そりゃ、アイツはしゃべりやすいけどさ、チャラいじゃん。絶対浮気する」

話の先を自分に向けられ、恥ずかしそうに顔をしかめる耳郎に梅雨が口の下に指を置いて考えてから口を開いた。

「そうかしら？　上鳴ちゃんって、付き合ったら意外と一筋《ひとすじ》になりそう」

「えっ、梅雨ちゃん、上鳴くんが好きなタイプなん⁉」

「いいえ、全然。でも上鳴ちゃんは基本女の子には優しいでしょ？」

「う〜ん、ただの女好きっていうだけじゃない？」

照れくさそうな耳郎が言った女好きというワードに、女子たちの脳裏に共通の男の顔が浮かんだ。そして能面のような表情になって口を揃《そろ》える。

「…………峰田（くん、ちゃん）よりマシだけど」

「ん」

一拍遅れて頷く小大。あまりの揃いっぷりにみんな顔を見合わせて吹き出す。

共通の敵《ヴイラン》は、一致団結に一役買うものだ。

「峰田に比《くら》べりゃ、誰だってマシだよ〜！」

芦戸が涙を拭《ぬぐ》いながら隣の拳藤に言う。

「Ｂ組に峰田みたいなのっているの？」

「いないいない。ウチの男どもはわりと硬派だよ。あ、物間《ものま》みたいなのもいるけど」

ひらひらと手を振りながらふと思い出したように拳藤が言う。物間は、なにかとＡ組に対抗する、心がちょっとアレな生徒だ。

「物間はなー……」

「ん」

「物間だなー……」

「ん」

柳の言葉に、小大が頷く。どうやら物間は、心がちょっとアレでもそのままの物間で受け入れられているようだ。

「顔はけっこうイケメンなのに、心がちょっとアレなのが残念だね！」

あっけらかんと言う葉隠。

「イケメンといえば、轟《とどろき》は？」

芦戸の問いかけに、みんなが「そういえば」というようにその存在を思い出す。イケメンで性格はややマイペースな印象。彼氏にするには、なんのマイナスポイントも見当たらないような気がしたそのとき、拳藤が言った。

「あぁ、あのエンデヴァーの」

その瞬間、脳裏《のうり》に浮かんだ轟の父親の顔に、女子たちは思考停止した。とてもじゃないがうまくやっていける自信がない。

「……ないな」

「うん、息子《むすこ》の彼女に厳しそう……」

想像したエンデヴァーの威圧感にげんなりしたA組女子たち。だが、塩崎がじっと閉じていた目を開き、切々《せつせつ》と説く。

「あぁいう気性《きしょう》の激しい方こそ、心が傷ついているかもしれません。そんな傷を癒《いや》してさしあげたい……」

「茨《いばら》、まさかのエンデヴァー!?」

同級生の父親!? ナンバー2《ツー》のヒーローとの不倫《ふりん》!? 驚く拳藤たちに、塩崎は変わらぬ冷静な表情でふるふると首を振る。

「すべての生き物は、みな愛される資格を持つのです。癒してさしあげたいだけで、決して恋ではありませんし、タイプでもありませんのであしからず……」

「ビックリさせんな」

「ん」

平坦《へいたん》な口調の柳と頷く小大。胸を撫でおろしながらお茶子が言う。

「塩崎さんって真面目《まじめ》なんやね！」

「真面目といえば飯田《いいだ》ちゃんね」

「あー、Ａ組の委員長」

「飯田さんは絶対浮気はしませんわね。きっとお付き合いしても変わらず真面目そうですわ……」

八百万の言葉に、みんな飯田とのお付き合いの様子を想像する。

真面目な飯田は、きっちり交際を申しこむことだろう。しかし、その先の想像が難しい。

「……飯田って手を繋《つな》ぐまで何年もかかりそう」

「もしかしたら、結婚してからしか繋げないんじゃ……？」

「ハハッ、さすがにそこまでじゃないだろ？」

Ａ組の冗談だと思った拳藤がそう言うと、Ａ組女子たちは全員しごく真面目な顔で首を振った。

「飯田ちゃんならありえるわ」

「マジで……？」

「純粋ハイパー真面目だから」

そこまで真面目なのも疲れそうだと、女子たちの頭から飯田の選択肢《せんたくし》が消える。

「それじゃ緑谷《みどりや》は？」

「っ！」

芦戸からの突然の名前に、お茶子が必死で動悸に耐える。お茶子の心臓は疲労困憊《こんぱい》だ。

「あの子って、いまいちよくわかんないんだけどさ」

「緑谷？」

「体育祭でも、埋《う》めてある地雷《じらい》使ったり大胆《だいたん》な戦法とったかと思えば、決勝ではノーガードの殴《なぐ》り合《あ》いみたいなことしたり、でも廊下とか食堂とかでふだん見かけるとイメージが違うんだよな」

そう言って首をかしげる拳藤に、お茶子は何か言いたそうに口を開くが、いろんな感情がごっちゃになりうまく言葉にできそうにない。「うーん……」と唸《うな》るお茶子の代わりのように、梅雨が口を開いた。

「そうねぇ、緑谷ちゃんは……すごく努力家だと思うわ。日々感じるすべてをヒーローになるために活《い》かそうとしているわ」

合ってる？　とまるで確認をとるように振り向く梅雨に、お茶子は大きく頷く。そして続けた。

「……デクくん見てると、私ももっとがんばろうって思えるよ！」

必死に何かを伝えたいように見つめてくるお茶子に、拳藤はニッと笑《え》みを浮かべた。

「そうなんだ。周《まわ》りにそういう気持ちを思い起こさせるって、いいね」

その笑みに少しでも出久のことが伝わったような気がして、お茶子も笑う。芦戸が思い出したように付け加えた。

「あ、そんですんごくオールマイトオタク」

芦戸の言葉に葉隠と八百万も続く。

「彼女とのデートと、オールマイトの握手会だったらオールマイト取りそう！」

「容易《ようい》に想像できますわね」

「え？　学校で会えるのに？」

オールマイトは雄英の教師でもある。首をかしげる柳に芦戸が深く頷きながら言う。

「それが緑谷という男」

「ていうか、彼女とのデートにオールマイトの握手会に行きそうだよね」

「それは……そうかもしれん」

葉隠の言葉に、お茶子も容易に想像できてしまった。

「彼氏としてはナイ」

「ん」

ばっさりと切る柳に頷く小大。かくして出久も選択肢から消える。お茶子はホッとしたような、それでいて歯がゆいような気持ちになり、苦虫《にがむし》を噛《か》んだままくすぐられているような微妙な表情を浮かべた。

「じゃあ爆豪《ばくごう》は？」

「ないな」

今度は耳郎がばっさりと切る。

「成績優秀、将来有望……だけど、あの性格じゃあなー」

爆豪に続き、次々と男子の名前が浮かんでは、女子たちの厳《きび》しい審査にシャボン玉のように消えていく。キュンキュンせずにすべての男子が全滅してしまった。

「なんてこった……。このままじゃ、キュンキュンできずに補習に行かなきゃいけないよ……ううっ、キュンキュンしたいよー！」

がっくりと項垂《うなだ》れる芦戸。砂漠で倒れた旅人のように枯れかけた風情《ふぜい》をなんとかしたいと、葉隠が「う～ん」と悩んでから、パッと明るい声を出す。

「それじゃ、逆で考えてみるっていうのは？　私たちが男子で、男子がもし女の子だったら彼女にするなら誰！　みたいな」

「目線を変えるのね」

女の子たちは「う～ん……」とそれぞれ身近な男子たちを女の子に変換しようとするが、筋肉質な体つきそのままに、ロングヘアを被《かぶ》せただけのような想像しかでてこない。

「なんか違う……」

「そもそもキュンキュンする？　彼女選ぶ目線って……」

「それもそうか！」

てへっと葉隠が笑う。しかし、その隣の柳が少し離れた拳藤を見て口を開いた。

「でも、一佳《いっか》が男ならモテそう」

「へ？　私？」

目を丸くする拳藤に、柳の隣の小大も「ん」と頷く。

「B組で一番カッコいいのは一佳だよ」

「確かに。拳藤さんの一言でクラスがピシッとまとまりますしね。誰にも公平で、厳しくそれでいて温《あたた》かい……なかなかできることじゃありません」

同意する塩崎の言葉に、八百万も「そういえば……」と続けた。

「職場体験のとき、さりげなくフォローしてくださいましたわ。拳藤さんがご一緒でなかったら、もっと落ちこんでいたかも」

職業訓練の時に八百万と拳藤は一緒に、スネークヒーローのウワバミのところへ体験入所している。その際、ヒーロー体験とはほど遠いCM撮影などで、これでいいのか……？と八百万は不安になっていた。

「あん時はお互い様だよ。つーかやめて、テレんじゃん」

みんなに注目され、わずかに恥ずかしそうに顔をしかめる拳藤。

「頼《たよ》りがいがあるのはわかる気がするわ。さっき、峰田ちゃんをふっ飛ばした時とか」

「わかる！」

頷く梅雨とお茶子に、芦戸も次第《しだい》にノッてきた。

「チカンなんかにも、バシーッと言ってくれそう！　彼氏だったら、『俺の彼女になにしてんだよ？』とか言っちゃってー！」

芦戸の言葉に、男子バージョンの拳藤が自分を守りつつチカンを退治するシチュエーションを思い浮かべ、女子たちは黄色い声をあげる。女子の気持ちを理解し、いざという時に守ってくれる理想の彼氏がそこにいた。

「……って、女子同士でキュンキュンされても」

「いや、勝手にキュンキュンしても！」

はたと我に返った芦戸に、苦笑《にがわら》いする拳藤。

「やっぱさ、恋愛目線で見るからしっくりこないんだよ。相棒《サイドキック》目線とかなら、意外とキュンキュンしそうなとこも見えてくるかもよ？」

「相棒《サイドキック》ねえー」

「もしくは、一日入れ替わるなら、とか？」

拳藤の提案に、みんな「う～ん……」と考えこむ。パッとある男子の顔が浮かんだお茶子が話しだす。

「それなら私は爆豪くんかなぁ」

「ええっ、そうなの？」

お茶子が出した意外な名前に、耳郎が驚く。お茶子は少し照れくさそうに笑った。

「うん。体育祭で直接戦って完敗したやん？　そんとき、素直に強いなーって思ったんだ。あの強さを一回味わってみたい！」

「確かに爆豪さんは強いですわ。戦闘センスもありますし」

「だから爆豪くんになって、一回思いっきり戦ってみたい！」

ピシッと拳《こぶし》を突き出すお茶子に、芦戸が「なるほどねー」と頷く。

「そういうので言ったらアタシは瀬呂《せろ》かなー。テープを出すっていうの、やってみたい！　シュルルーッてさ。いつも酸ばっかりだし。ヤオモモは？」

「私は……しいて挙げるなら口田《こうだ》さんですわね。動物を操《あやつ》れるというのは、とても興味深いです」

「ん」

小大も実は口田と代わってみたいらしい。そんなみんなを見て、耳郎もおずおずと口を開いた。

「ウチは上鳴かな。放電して、あのウェイ状態を体験してみたい。一回で十分だけど」

「私は……常闇《とこやみ》ちゃんかしら。黒影《ダークシャドウ》ちゃんと連携で戦う気分を味わってみたいの。それに、自分の中に別の生き物がいるってどんな感じなのか気になるわ」

「私は砂藤《さとう》くんかなー！　甘いものいっぱい食べても、それがエネルギーになるでしょ。

食べすぎても太らないから罪悪感もないし！」

「いや、透明なんだから太ってるのとかバレないじゃん」

「バレるよ！　服の膨《ふく》らみの感じで」

ワイワイと盛り上がる女の子たちを見て、拳藤があきれたようにため息を吐《つ》いて笑う。

「恋愛抜きだとスラスラ選べるんだけどね」

キュンキュンうんぬんより、自分が体験したい〝個性〟になってしまった。

「だめだぁ～、アタシたち恋バナの一つもできないよ！」

バタッと倒れこんだ芦戸に、女の子たちはそれぞれの顔を見て苦笑した。

「今は補習がんばれ」

「きっと神様のお告げですわ」

「やめてぇ～」

耳郎と塩崎に言われ抵抗するように布団の上でジタバタする芦戸に、梅雨が「でも……」と続ける。

「恋に落ちる、って言うでしょ？　だから、気がつくと落ちてしまっているものなのよ。きっとそのときになれば、誰かに気持ちを話したくてたまらなくなるんじゃないかしら。恋バナはそのときにたくさんしましょ」

いつか誰かに恋をする。そのときはいつだろうか。

そのとき、自分はヒーローになれているだろうか。

その誰かに、誇《ほこ》れる自分になれているだろうか。

いつかの未来を想《おも》って、女の子たちは恋に恋する笑みを浮かべた。


「……でも、やっぱり今キュンキュンしたいよぉ～！　ちょびっとだけでもいいから！」

ほんわかした空気に一瞬染《そ》まった芦戸だったが、補習という地獄を思い出し、キュンキュンクレクレに変化した。いつかの恋より、目の前のキュンキュン。地獄を耐え抜くには心の潤《うるお》いが必要のようだ。

「てっとりばやくキュンキュンするっていうと……理想のタイプの話とか？」

「三奈《みな》ちゃんはどういう人がタイプなの？」

「んーとね……まず強そう！　でもね、たまに子供っぽい一面もある人がいいなー。やんちゃな感じで、それでいて、ずっとそばにいてくれるの～！」

みんな、ふんふんと聞いているなか、A組女子たちが「……ん？」と何かにひっかかったような顔をする。

強そうでいて、子供っぽい一面、それでいてずっと一緒……。

「それって黒影《ダークシャドウ》ちゃんみたいね」

「……それだ！」

梅雨の指摘に、芦戸を抜かしたＡ組女子たちが納得する。

「黒影《ダークシャドウ》って、さっき言ってた常闇の〝個性〟だよな？」

きょとんとする拳藤に芦戸が「そうだよ！　そうだけど！」と反論するように言う。

「人じゃないじゃん！」

ぶーっと口を尖らせる芦戸に、梅雨が続ける。

「あらでも、黒影《ダークシャドウ》ちゃんは強いわよ。今日、お昼ごはんに呼んでくるときに常闇ちゃんが訓練してる洞窟《どうくつ》覗いたんだけど、暗闇だと黒影《ダークシャドウ》ちゃん、とっても勇ましいの。常闇ちゃんもすっごく苦労してたわ」

「でも明るいときはかわいいよね！　アイヨ！　とか返事するんだよ」

お茶子はそのときの黒影《ダークシャドウ》を思い出して、ほわわと頬《ほお》を緩《ゆる》ませる。

「そうそう、期末の演習試験で常闇ちゃんと組んだんだけど、黒影《ダークシャドウ》ちゃんたら、常闇ちゃんがエクトプラズム先生の〝個性〟を『なんたる万能〝個性〟』って言ったら、『俺もダヨ』って拗《す》ねてたわ」

「かわいい」

「ん！」

柳と小大もその様子を想像したのか、乏《とぼ》しい表情がわずかにゆるむ。葉隠もゆるんだ声で「子供っぽい一面！」と続けた。

「いいじゃん、黒影《ダークシャドウ》」

拳藤が素直にそう言うと、他の女子たちも「うん、いい」と、まるで今まで気づかなかった新しい男子の一人を思い出したように頷く。芦戸も「……アリかな？」と思ったそのとき、耳郎が口を開く。

「で、〝個性〟だから常《つね》に一緒」

「いや！　常に一緒なのは常闇じゃん！」

耳郎の言葉に叫ぶ芦戸。

「じゃあ、黒影《ダークシャドウ》って〝個性〟を持ってる常闇くんがタイプってことで！」

「ってことで！　じゃないよ！」

からかうような葉隠の楽しげな声色《こわいろ》に、芦戸が鼻息荒く意気ごむ。

「もうこうなったら意地でもキュンキュンしてやる！　次は……現役ヒーローの中で、もし結婚するなら誰⁉」

「ええ～？」

そう声をあげながらも、女の子たちは楽しげだ。

女の子だけの話は、いつだって少し下世話《げせわ》で、だいぶ辛辣《しんらつ》で、それでいて愛嬌《あいきょう》に満ちている。そしてキュンキュンとは別に、ほわほわと心をいつのまにか満たしてくれるのだ。

だから話は尽きず、布団の上の女子会はまだまだ終わらない。

Part《パート》.5

OVER THE TOP

「たのもう!!」

その声とともに、A組男子が寝泊まりしている大部屋の襖《ふすま》が、スパンッとまるで道場破りのように勢いよく開かれた。

「よお、来たな」

切島《きりしま》がそうニヤリと笑いながら迎えたのは、風呂から上がったばかりで全員ホカホカしているB組男子だ。もちろんA組男子たちも全員いる。二つの組の間には簡易テーブルが置かれていた。

「待たせたな!」

B組の中心にいるのは、鉄哲《てつてつ》だ。向かい合うA組とB組には、親睦《しんぼく》を深めようというような友好ムードは欠片《かけら》もない。浮かんでいる笑《え》みも好戦的なものだ。

ただ、なかには基本的にぶつかることを好まない男子たちの戸惑《とまど》いもある。だが、その戸惑いも弱気が含まれたものではない。

それもそのはず。これからA組とB組は戦う運命にあった。

男は、常《つね》に戦いを求める生き物だ。そんな男たちが集まれば、戦いが生まれるのは必然なのだろう。だが、そこに理由や信念がなければ、それはただの暴力になってしまう。

男たちが戦う理由、それは——。


それは、数時間前に遡《さかのぼ》る。

〝個性〟を鍛《きた》える訓練は苛烈《かれつ》で、過酷《かこく》を究《きわ》めた。限界突破するためには、当然限界まで追い詰められなければいけないのだ。限界まで追い詰められた体が欲するもの、それは休息であり、栄養だった。

そんな全員が待ちに待っていた夕飯。過酷な状況の中でごはんは必要な栄養であり、癒《いや》しでもある。自分たちで作ったカレーを宿前の木製テーブルで貪《むさぼ》るように食したあと、マンダレイが言った。

「明日《あした》の夜は肉じゃがね」

「うおー！」

肉とじゃがいもなどの野菜を醤油《しょうゆ》と砂糖などで煮こんだ、おふくろの味ともいうべき和食の定番。カレーで満たされた腹でも、明日の肉じゃがを思い男子たちは盛り上がった。

だが、そのあとに続いたマンダレイの言葉。

「お肉は豚肉と牛肉だから、A組とB組でどっちがいいか選んどいてね」

その言葉に多少のざわつきが上がった。

「肉じゃがって豚肉だよな?」

「え、牛でしょ?」

肉じゃがは東日本は豚肉、西日本では牛肉が主流らしい。また地域とは関係なく、それぞれの家庭でも違う。豚だ、牛だと意見が分かれるみんなを見て、飯田《いいだ》が手をグルグル回しながら立ち上がった。

「それでは、今決めてしまおう! いいかい、拳藤《けんどう》くん!」

少し離れて座っていた拳藤は話しかけられ、立ち上がる。

「あぁいいよ。じゃあ、ジャンケンで勝ったほうが選ぶってことで」

「異論ない。では……」

「ちょっと待った!」

委員長同士がジャンケンしようとしたそのとき、それを止める声が響いた。スッと立ち上がったのはB組の物間《ものま》だ。

「ねえ、ジャンケンなんかで決めるのつまらないだろ。ここはきっちり勝負して決めたほうがいいんじゃない？」

「は？　べつにジャンケンでいいだろ」

拳藤がそう言うと、物間はハッと鼻で笑う。

「なに言ってるんだい、拳藤。憎きA組と直接対決できるせっかくのチャンスなんだよ？　そんなジャンケンごときで決めるなんてバカなのかい」

「だから、べつに憎くはないっつーの」

なにかと注目を集めるA組になにかと対抗する物間に、近くにいた柳《やなぎ》が声をかける。

「べつに豚でも牛でもどっちでもいい」

「ん」

その意見に隣の小大《こだい》も頷《うなず》く。そんな女子たちの意見に、鉄哲が男らしく言った。

「肉食えりゃ、俺もどっちでもいいぜ！」

そんな鉄哲に、他の男子たちも同意する。鉄哲と体育祭で戦って以来、男の友情を深めていた切島も頷く。

「肉はなんだってうまいしな！」

「だよな！」

切島と鉄哲はニッとサムズアップし合った。切島の〝個性〟は硬化《こうか》、鉄哲の〝個性〟はスティール。どちらも体が硬《かた》くなる〝個性〟同士、そして男気《おとこぎ》を大事にする熱い性格同士で気が合っている。

そんな意見に同化されたように、他の生徒にもどちらでもいいというような空気が広がったその時、またも物間が声をあげた。

「ハァ？　どっちでもいいわけないだろう？　肉じゃがは豚肉に決まってるんだよ」

と言いつつ、物間も内心はどちらでもかまわなかった。ただ難癖《なんくせ》をつけて勝負に持ちこみ、A組に勝ちたいだけなのだ。そしてA組に火をつけるには、その着火点は誰がいいか物間はよく知っている。

「……あぁでもA組がどっちでもいいっていうなら、ジャンケンもしないでこっちで選ばせてもらおうよ。牛肉の肉じゃがなんて僕には想像もできないけど、A組はかまわないんだろ？　ねえ、爆豪《ばくごう》くん？」

「あぁ？」

A組の着火点、爆豪に物間はニヤリと厭味《いやみ》ったらしい笑みを浮かべてみせる。

体育祭の騎馬戦《きばせん》で物間と爆豪のチームは激しくやりあった。結果は勝利に貪欲《どんよく》だった爆豪チームに軍配《ぐんばい》が上がったが、二人とも戦ったあとはもう友達！　みたいな爽《さわ》やかな性格でもない。遺恨《いこん》とまではいかないが、お互い確実に気に入ってはいないだろう。

「君は牛肉でもいいんだろ？　勝負を放棄《ほうき》したA組を差しおいて選んだ豚肉はきっとおいしいだろうなぁ！　A組は牛肉の肉じゃがでも食べてればいいよ」

相手からの明らかな挑発《ちょうはつ》。だが、火をつけられてしまうのが爆豪だ。

「……ふざけんな、こっちだって豚肉だ!!」

爆豪だって豚か牛、どちらでもかまわなかった。だが、B組から一方的に押しつけられたケチのついた肉など自尊心の塊《かたまり》のような爆豪が受けつけるわけがない。

「じゃあ勝負して決めるしかないね」

「あったり前だよ！　クソB組なんか蹴《け》散《ち》らかして豚肉奪いとったるわ!!」

爆豪の暴言にB組男子たちもカチンとくる。

「なんだと！　クソB組ってどういうこったよ！」

「クソはクソだろうが！」

「すまねえ、鉄哲！　爆豪のクソは、なんつーか口癖《くちぐせ》みてえなもんで」

「クソみてえなフォローすんじゃねえ！　クソ髪！」

勝手に勝負宣言する爆豪に、驚いた飯田が腕を激しく上下させながら抗議する。

「爆豪くん！　君はまたそんな勝手なことを……今は神聖な合宿中なのだぞ!?　それを勝

負とは……！」

「カンケーねえよ！　売られたケンカは買うしかねーだろが!!」

「ケンカ売ってんのはそっちだろーが！」

鉄哲の隣で歯がむき出しの一見骸骨《がいこつ》のような骨抜柔造《ほねぬきじゅうぞう》が食ってかかる。他のB組男子たちも爆豪の態度にいつのまにか火をつけられている。

「先生！」

八百万《やおよろず》が相澤《あいざわ》に制してもらおうとするが、相澤は静観《せいかん》するばかりだ。

「やらせとけ」

「でも」

「訓練時間以外は自由だ。周《まわ》りに迷惑かけるなら論外だが」

その言葉に、飯田がハッとする。

「確かに、自由時間は各自の自由……。だが、そのなかで自主性を重んじつつ、生徒同士で切磋琢磨《せっさたくま》するのもヒーローとして闘争心を養《やしな》う特別な時間……。そういうことですね、先生！」

「……そういうことだ」

夕飯のあとで相澤が多少まったりして面倒《めんどう》くさくなったことなど知らず、飯田は深く納得して声をかけた。

「それでは諸君、腕相撲《うでずもう》で勝負を決めるというのはどうだろう！」

かくして男たちは肉を賭《か》け、戦うことになった。大昔からマンモスを狩ったように、肉を求めるのが男の習性なのかもしれない。ただその当時の男たちは、集落で待つ女子供のためにと必死で戦ったが、現代の女子たちはわいわいと女子会を開くことになっている。

そしてこのとき、峰田《みねた》がいないことに男子たちは気づいていない。

とにかく、肉という名のプライドを賭けたA組とB組の勝負が開始されようとしていた。間に置いてある簡易テーブルは、腕相撲のリングにと借りてきたのだ。

爆豪が鉄哲の隣にいる物間に不敵《ふてき》な笑みを浮かべる。

「ハッ、ものまね野郎。よく逃げなかったな」

「今こそA組を叩《たた》き潰《つぶ》せるこのチャンスに、逃げるわけないだろ？」

思いどおりに爆豪を焚《た》きつけ、勝負に持ちこんだ物間も負けずに不敵に笑い返す。

「勝利の豚肉を食べるのは、僕たちB組さ！　君たちA組が明日、羨《うらや》ましそうに僕たちの豚肉を見てる様子《ようす》が目に浮かぶよ。負け犬の目の君たちがね！」

HAHAHAHAHAと高笑いする様子は、まるで敵《ヴイラン》のようだ。

「勝つのは俺だ！　豚肉一人で食ってやる……！」

「おい！　ひとり占《じ》めすんなよ！」

すっかり熱くなった爆豪に後ろから瀬呂《せろ》がつっこむ。

「はー、なんだか妙なことになっちゃったね」

「あぁ」

戸惑う出久《いずく》も轟《とどろき》も、豚か牛かなどどちらでもかまわなかった。だが、組対抗となっているからには参加しないわけにはいかない。そんな二人の隣にいた飯田が対峙《たいじ》するA組とB組の間にスッと立ちふさがる。

腕相撲にはレフェリーが必要だ。真面目《まじめ》で知られる飯田が適任だと、A組のみならずB組からも一任されたのだ。ただ物間だけは「A組に有利な判定するんじゃないのぉ⁉」と一人反対していたが、多数決には勝てなかった。

「では、さっそく腕相撲を始めよう」

その声を合図に、A組B組、それぞれの代表選手が前に進み出る。〝個性〟の使用はなしの純粋な力比《ちからくら》べで、勝負は各組の五人が一人ずつ戦っていく団体戦だ。勝ちが多かった組の勝利となる。

A組代表、尾白《おじろ》、障子《しょうじ》、口田《こうだ》、切島、爆豪。

B組代表、庄田二連撃《しょうだにれんげき》、骨抜、宍田獣郎太《ししだじゅうろうた》、泡瀬洋雪《あわせようせつ》、鉄哲。

握力や力の強い者が選ばれたようだ。しかし、その顔ぶれを見た爆豪が眉間《みけん》にシワを寄せる。視線は後方でしれっと待機している物間だ。

「てめえ、あれだけ煽《あお》っといて入ってねえのかよ⁉」

「僕が力自慢に見える？　僕は戦略担当なんだよ」

出久は爆豪に火をつけ、しれっとかわす物間を「すごいなぁ……」とわずかな尊敬の念を含んだ目で見つめた。まるで闘牛士のようだ。その横で食後の眠気を我慢しつつ、意外と律儀《りちぎ》に勝負を見守る轟が耐えきれずあくびをする。

「チッ、さっさと始めろ！」

苛立《いらだ》つ爆豪が飯田を促《うなが》す。しかし飯田はなにやら引っかかることがある様子で「何か忘れているような……」と首をかしげる。

そして部屋にかかっている時計を見て、ハッとした。

「そうだ！　そろそろ補習の時間じゃないのかい⁉」

そう言うと、切島、瀬呂、上鳴《かみなり》、砂藤《さとう》が「あっ」と声をあげた。風呂の時間が繰《く》り上《あ》がった男子は、補習時間が早まったのだ。

「あ〜補習やだよー！」

「しょーがねーべ、ほら上鳴、さっさと行くぞ」

「がんばれよ！」

地獄に行きたくないと駄々《だだ》をこねる上鳴を引っ張っていく瀬呂と、ガッツポーズを残し去っていく砂藤。問題は切島だ。当人も、そしてみんなも勝負に重点を置き、補習のことをうっかり忘れていたのだ。

「どうすんだよ？」

「……っ、俺、隙《すき》見て抜け出してくっから！」

「切島くん！　補習はきちんと受けねば！」

「トイレのついでにちょこっと寄るくらいなら大丈夫だろ⁉」

切島が名残惜《なごりお》しそうにしながらバタバタと部屋を出ていく。まさかの代表選手の不在にA組が一抹《いちまつ》の不安に襲われたのを見計《みはか》らったように、物間が声をかける。

「あれれれれぇ⁉　優秀なA組に補習があんなにいるなんて！　そして、代表が一人補習で抜けるなんて大丈夫なのかなぁ⁉　これはもう勝負はもらったようなものだねぇ‼」

またも高笑いをする物間。真実を言われ、A組が反論できずにぐっと唇《くちびる》を嚙《か》み締《し》めたその時、物間がくるりと背を向けた。

「じゃ、そういうことで僕も補習行ってくる」

「お前もかよ!!」

「あとで抜け出してくるから」

そう言って部屋を出ていく物間を、出久は「物間くんって、もしかしたら大物なのかもしれない……」と畏敬《いけい》の念を含んだ目で見送る。その隣で轟は「とんだ小物かもしれねえぞ」と言ってあくびを噛み殺した。

「それではさっそく始めよう！　第一回戦、尾白くん対庄田くん！」

言い出しっぺの物間が抜けて微妙な空気が流れたが、飯田のはりきる声に尾白と庄田がテーブルの前に進み出る。

「尾白くん、よろしくね」

「あぁ、こっちこそ」

やや小柄《こがら》で小太りな体形の庄田と、一重《ひとえ》のあっさりとした顔立ちの尾白が試合前に挨拶《あいさつ》をする。

ちなみに二人は体育祭の騎馬戦で普通科の心操人使《しんそうひとし》の〝個性〟で洗脳されながら戦って勝ったが、戦った記憶がないまま勝ち進むことはできないと二人揃《そろ》って決勝を辞退している。試合が終わったら遺恨の遺も残さないような爽《さわ》やかな常識人二人だ。

二人は改めてテーブルの上で手を合わせた。庄田のムチムチの赤ちゃんのような手と、尾白の骨太な手は対照的な組み合わせだ。

「では二人とも用意はいいかい？」

飯田が二人の肘《ひじ》がちゃんとテーブルについているかなど確認して、二人の組んだ手の上に手を置く。腕相撲とはいえ、勝負の開始に大部屋はわずかな緊張感に包まれる。

A組には尾白のほうが有利だという空気があった。尾白の〝個性〟は強靭《きょうじん》な尻尾《しっぽ》だったが、尾白の武器はなにより武術が得意だというその戦闘能力の高さだ。普通に戦えば、尾白が勝利するだろう。

「レディー……ゴーッ!!」

だが、飯田の掛け声とともに勝負は一瞬で片がついた。

「よくやった、二連撃!!」

結果は庄田の瞬殺《しゅんさつ》だった。唖然《あぜん》とする尾白の前で、庄田が少し照れたような誇らしげな笑みを浮かべる。

「あぁっ!?　なにやってんだ、尻尾野郎！」

「尾白が負けるとは……」

激昂《げっこう》する爆豪に、納得いかないように顔をしかめる常闇《とこやみ》。

「ごめん、みんな。でも一瞬で持っていかれた……」

体感した尾白がまるで狐《きつね》につままれたように呟《つぶや》く。だが、そのとき試合の様子をじっと見ていた出久が「――いや」と口を開いた。

「庄田くんのトップスピードのほうが速かったんだ。それにもしかしたらムチムチの手が、それを尾白くんに悟《さと》らせなかったのかも……」

「確かに、赤ちゃんみたいな手に一瞬気をとられたかも……。予想外のやわらかさだったから、もしケガさせたらどうしようって」

「相手を油断《ゆだん》させる手か。まさかそんな作戦でくるとは……。もしかしたら秘密裏《ひみつり》に敵《ヴィラン》に近づくときに相手を油断させるために有効かも。握手で油断させて隙を作るんだ。それに庄田くんの優しそうな見かけも重要だな。一瞬の隙に出された攻撃は、ダメージが倍になるだろうし」

ヒーローになるために、ヒーローを常に研究していた出久の思考は、常にヒーローとして敵《ヴィラン》対策をするようにできている。ぶつぶつと考えはじめた出久に庄田が困ったように言った。

「いや、僕はただ普通に腕相撲しただけだよ」

「あーっ、うっせ!! 早く次やれや!」

爆豪が勝利に沸《わ》くB組にイラつき、飯田を急《せ》かす。飯田は「まったく君は相変わらず口が悪いな……!」など言いながら第二試合の相手を呼んだ。障子と骨抜が前に出る。

「がんばれ、障子くん!」

「勝利でもぎ取るのは男の矜持《きょうじ》……」

出久と常闇の応援に青山《あおやま》も触発されたように斜《しゃ》に構《かま》えながら言う。

「勝ったら、僕のレーザーライト貸してあげる☆」

青山の申し出に、障子の複製腕《ふくせいわん》の口が「いらん」と答えた。

B組の勝利はA組に火をつけた。勝負するからには勝利を求めるのは当然だ。

「レディー……ゴーッ!!」

「ふんっ」

力と力がぶつかり、二本の腕がぶるぶると揺れる。追い風に乗りたいB組が応援に熱を入れるが、その均衡はあっというまに崩《くず》される。圧倒的な腕力で障子が骨抜の手を勢いよくテーブルに叩きつけた。

「おー、やるな」

その腕力に轟も感心したように呟く。勝利に沸くA組。「くそーっ」と悔《くや》しがるB組に爆豪が「ふん」と満足げに笑う。その小ばかにしたような笑みが鉄哲の癪《しゃく》に障《さわ》った。

「なんであいつはあんなに偉そうなんだよ！」

今度はＢ組が火をつけられ、迎えた三回戦。岩のような体をしているが引っこみ思案な口田対、野獣のような外見にメガネがミスマッチしている宍田だ。二人とも見かけだけならいい勝負だ。

「がんばれ、口田くん！」

「やっちまえ、獣郎太ー！」

それぞれの応援を受けながら、口田と宍田が手を組む。

「レディー……ゴーッ‼」

二人の腕力は互角に近いのか、ほぼ真ん中でぶるぶると止まったままだ。なんとか勝負をつかもうと吠える宍田にビクつきながらも、口田は懸命に耐えている。

「口田、倒せー！」

「ふんばれ、獣郎太ー！」

伯仲《はくちゅう》する戦いに両組の応援も盛り上がっているその最中、そっと大広間にやってきた人物に気づく者はいない。

「……っ」

粘り強く宍田のスタミナ切れを待っていた口田が、徐々に宍田の腕を倒していく。

「いけー‼」

「耐えろ、獣郎太ー‼」

歓喜と悲鳴の混じるその空間に、一人きょとんとしたような場違いな声がする。

「あ、虫だ」

「キャアア⁉」

虫が苦手《にがて》な口田が咄嗟《とっさ》に飛びのく。力の抜けた瞬間に宍田に倒されてしまった。

「なん……あっ、物間くん⁉　いつのまに！」

「今さっきさ」

声の正体は物間だった。言ったとおり、補習を抜け出してきたのだ。

「っ⁉　っ⁉」

近くにいた飯田の背に隠れるようにして虫に怯《おび》える口田。

「落ち着け、口田くん！　虫など見当たらないぞ？」

「あれえ？　虫がいたと思ったけど見間違いだったかなぁ？」

「てめえ、妨害だろーが！」

しれっと言い張る物間に爆豪がつっかかっていくが、物間はどこ吹く風だ。

「証拠もないのに言いがかりつけないでくれよ。負けたらこっちの所為《せい》なんて、性格《たち》の悪いヤカラみたいじゃないか！　あぁ怖《こわ》い怖い‼　……じゃ僕、補習に戻るから」

「あぁ⁉　なんなんだ、あいつは‼」

サッと部屋を出ていく物間に、庄田が少し申《もう》し訳《わけ》なさそうに口を開く。

「物間、悪いヤツじゃないんだ。……ただちょっと、B組のことを考えすぎるところがあって……」

「知るか‼　岩《いわ》！　てめえも虫くらいでビビッてんじゃねえ！」

爆豪にキレられシュンとする口田に、常闇が声をかける。

「誰しも鬼門《きもん》はある……気にするな」

勝負は一対二で、B組優勢だ。五回勝負なので、次もB組が勝てば、勝ち越しでB組の勝利になってしまう。

「さて、四回戦は切島くんと泡瀬くんだが……」

「どーすんだ？」

テーブルの前に出た頭にバンダナを巻いている泡瀬が飯田に向かって問う。切島はまだ来ていない。

「そうだな……。抜け出してくるとは言っていたが、そうままならないだろう。そうすると先に爆豪くんと鉄哲くんの勝負をするか、もしくは新《あら》たな代表を決めるかということになるな」

「俺は先にやってもいいぜ！」

鉄哲がどうしたものかと考えこむレフェリー飯田を気遣《きづか》い、男らしく声をかける。だが、爆豪が不遜《ふそん》な態度で言う。

「ふざけんな。大将戦は一番最後だろうが」

「はぁっ？　なんでお前は自分のことばっかなんだよ！」

「うるせえ」

爆豪に正面から食ってかかる鉄哲を、出久は新鮮な気持ちで見つめると同時に、すっかり爆豪の態度をこういうものだと受け入れていた自分に微妙な表情を浮かべた。

（慣れって怖いなぁ……）

言い争う鉄哲と爆豪がヒートアップしそうになったそのとき、あわてて誰かが大広間に入ってきた。切島だ。

「わりい！　遅くなった！」

「ちょうどこれからだったぞ、切島くん！」

「勝敗は⁉」

「一対二でウチが負けてる」

「マジか！　よし、さっさとやろうぜ！」

切島と泡瀬が手を組む。鉄哲と爆豪もいったん言い争いをやめて勝負を見守るなかで、飯田が口を開く。

「レディー……ゴーッ!!」

「っ!!」

序盤のリードを奪ったのは泡瀬だった。一気に畳《たた》みかけようと切島の手の甲をテーブル間際《まぎわ》まで追い詰める。切島はテーブルギリギリの低い位置で粘《ねば》るが、圧倒的不利な角度での圧力に徐々に押されていく。

「切島くんっ、耐えてー！」

「いけ、泡瀬ー!!」

両組の応援が過熱する。けれど、切島の手はもう少しでテーブルにつきそうだ。だが、そのとき、爆豪が一喝《いっかつ》した。

「切島！　負けたら死ね!!!」

「くっ……!!」

一瞬、みんなが、（え、死ね？）と気を取られる。その中には泡瀬も入っていた。その一瞬の隙に切島が「うおおお！」と剛腕《ごうわん》を振るう。

バァンッと泡瀬の手がテーブルに叩きつけられる。

「応援ありがとな！」

勝って爆豪に笑顔でそう言う切島を、またみんなが、（あれ、応援だったのか……？）と小首をかしげた。

ともかく二対二の同点。勝負の行方《ゆくえ》は最後の大将戦へと持ちこまれた。切島は勝負を見届けてから補習に戻るようだ。

爆豪と鉄哲が満を持して、テーブルの前に進み出る。

「爆豪……鉄哲……。あぁ～っ、いったい俺はどっちを応援したら……!!」

そう言いながら頭を抱《かか》える切島。二人の友人の間で悩む切島に鉄哲は、全部わかってると言わんばかりにサムズアップしてみせた。

「切島！　俺のことは気にすんな！」

「……すまねえ、鉄哲！　俺はA組だから！」

「うぜえ!!」

男同士の熱い友情を爆豪はバッサリと切り捨てた。

「爆豪、がんばれよ！」

切島の応援を受けながら、爆豪と鉄哲がテーブルの上で腕を組み、にらみ合う。

「瞬殺《しゅんさつ》したる」

「勝つのは俺たち、B組だ！」

「君たち、勝負はまだ始まっていないぞ！　力を抜きたまえ！」

組んだ時点で、あふれ出る闘争心のまま相手の手を組み伏《くふ》せようとする爆豪と鉄哲。飯田がもう一度組み直させ、二人の手に手を置く。

両組は息をのんでスタートの合図を待った。


「レディー……ゴーッ!!」

「っ!!」

出だしのスピードが勝《まさ》ったのは爆豪だった。即座に鉄哲の手の甲をテーブルギリギリまで追いこむ。だが鉄哲が根性で耐え、ゆっくりと持ち直した。爆豪はその根性を認めるようにニヤリとわずかに笑みながら、渾身《こんしん》の力を振《ふ》り絞《しぼ》る。だが、鉄哲もそれに呼応するように耐えながら、全身の力を腕に集約させていく。

力と力がぶつかり、軋《きし》むように震える腕と腕。息も吐《つ》かせぬ一進一退の熱い攻防だ。

「爆豪、いけー!!」

「鉄哲、振りきれー!!」

自然、応援にも熱が入る。賭《か》けているものが豚肉だとは思えないほど白熱する戦いだったが、時間はゆっくりとその才能の差を見せつけはじめた。

爆豪が鉄哲の呼吸を読みながら、確実に手首を巻きこんでいく。

「っ……!」

徐々に力の均衡が破られてきた。爆豪の腕が鉄哲の腕をじわりじわりと倒していく。

「鉄哲ー!!」

「爆豪ー!!」

悲鳴のような怒号《どごう》がB組から、興奮する歓声がA組から巻き起こり、大広間に充満する。

「負けんな、鉄哲ー!!」

骨抜も奇跡よ起これとばかりに叫んでいた。だから、その肩に誰かの手が触れたことに気づかなかった。

「くう……っ!!」

渾身《こんしん》の力を振り絞っても鉄哲の手は、今やテーブルにつこうとしていた。悔《くや》しそうに鉄

SMASH
MY HERO ACADEMIA
僕のヒーローアカデミア
雄英白書

哲が顔を歪《ゆが》め、爆豪が勝利を確信したそのとき、突如《とつじょ》、その足下が揺らぐ。いや、揺らいでいるのは畳《たたみ》だ。しかも爆豪の足下だけ。

「なっ⁉」

驚く爆豪の異変にも気づかず、必死で耐えていた鉄哲の腕がその隙を逃《のが》さず押し倒した。勝利目前でグラついてしまった爆豪が、足下をのみこんでくる畳から飛びのく。

「つんだ、これ‼」

柔《やわ》らかくなってしまった畳に、出久がハッとする。

「これって……骨抜くんの〝個性〟の柔化《じゅうか》⁉」

柔化は、その言葉どおり、なんでもやわらかくしてしまうのだ。出久の言葉に注目を集めた骨抜があわてて「俺じゃねえって！　なんにもしてねえよ！」と言う。

しかし、畳を柔らかくするなど柔化でもなければできないこと。

「ってことは、まさか……」

「……あっ、てめえ！」

爆豪が何かに気づいて声をあげる。その先には、今まさに大広間からこっそり出ていこうとしている物間がいた。どうやらまた補習を抜け出してきたようだ。

「え？　なにか？」

しれっとした顔で振り返った物間の〝個性〟はコピー。他者に触れることで、その人の〝個性〟を五分間だけコピーできるのだ。

「今のてめえがやったんだろが!!」

「ええぇ？　なんのこと？　証拠もないのに犯人扱《あつか》いはやめてほしいなぁ！」

そして物間は高笑いをしながら、またも補習へと戻っていった。切島も補習を思い出し、

「すまん！　あとは任《まか》せた！」と急いで大広間を出て行く。

「ものまね野郎、殺す!!」

「わ、悪いヤツじゃないんだ。たぶん……」

爆ギレする爆豪に庄田が申し訳なさそうに謝《あやま》る。もしここに拳藤がいれば手刀《しゅとう》の一つでもお見舞いするところだが、いかんせん女子会の最中だった。

「えー……っと、勝負はどうなるんだ？」

尾白が窺《うかが》うように飯田に尋《たず》ねる。

「そうだな……。勝負をやり直すか……？」

だが、その言葉に爆豪から反対の声があがった。

「ふざけんな！　もう勝ちは決まってたんだよ！」

「なにっ!?　俺はあそこから挽回《ばんかい》できた！」

爆豪の言葉に反論する鉄哲。熱い戦いから一変、ぎゃあぎゃあと収拾《しゅうしゅう》のつかない言い争いになってしまった。

「ムムム……」

レフェリー飯田が困ったように考えこむ。きっとこの場を収束《しゅうそく》する方法を考えているのだろう。出久もなんとか力になりたいと一緒に考えこんだ。そして、ふと目に入ったものに閃《ひらめ》いた。

「……あのっ、仕切り直して枕投《まくらな》げはどうかな？」

「は？」

大広間の隅《すみ》には布団《ふとん》が畳んで置いてあった。その上に枕がのっている。出久はこの枕を見て思いついたのだ。

「しかし緑谷《みどりや》くん、本来枕は投げるものではないのだぞ？」

「うん、そうなんだけど……ほら、枕投げならケガをすることもなく勝敗を決められるだろうし」

「ム、確かにそれは大きな利点だな」

迷うように考えこんだ飯田に、他の男子からも声があがる。

「いいじゃん、枕投げ！」

「なんかテンション上がるよな、枕投げ！」

修学旅行の定番行事に、男子たちは盛り上がった。賛成多数の声に、レフェリー飯田は枕投げの開催を決定した。

ただし、人数的に不利なA組に合わせ、B組は選抜になった。

A組メンバーは、緑谷、轟、爆豪、常闇、障子、青山、尾白、口田。

B組メンバーは、鉄哲、骨抜、泡瀬、庄田、円場《つぶらば》硬成《こうせい》、回原《かいばら》旋《せん》、宍田、凡戸《ぼんど》固次郎《こじろう》。

そして飯田は引き続きレフェリーを務《つと》める。正式な枕投げルールというものがあるらしいが、話し合いでここは簡素にすることに決まった。

時間は五分間。使う枕は五つ。ドッジボールの要領で、枕に当たっても落とさずキャッチできればセーフ。落としてしまえばアウトで退場だ。最後まで残った人数の多い組が勝ちとなる。もちろん〝個性〟の使用はなし。

部屋の真ん中を境界線とし、A組とB組で別れる。選抜からもれたB組メンバーが部屋の隅《すみ》から「がんばれよー！」など声援を送った。

「今度こそ、てめーらの負《ま》け面《づら》拝《おが》んでやるぜ」

「ふざけんなよ！　勝つのは俺たちB組だ‼」

ナチュラルに挑発する爆豪と、吠《ほ》える鉄哲の間にレフェリー飯田が立つ。

「みんな、枕投げだが枕は大切に！　作った方の気持ちを考えながら投げるんだ！」

作った人はきっと投げられることを想定していないんじゃ……と出久は思ったが、勝負の前なので言わないことにした。


「では、枕投げ開始!!」

飯田の合図に、いっせいに枕が大広間に飛《と》び交《か》った。枕とは思えないスピードと威力で勢い衰えず投げつけられる。当たればそれなりの衝撃があった。

「くっ！」

それでも拾《ひろ》い、即座に投げ返す。そしてまた思わぬ角度からの攻撃。枕が複数あると思った以上に厄介《やっかい》で、目まぐるしい攻防《こうぼう》に追われる。

「おお、みんなさすがだな！」

きちんと審判しなければと集中していた飯田が、思わず一歩も退《ひ》かない両組に感心する。開始数分を過ぎても、誰一人アウトにならないのだ。

「緑谷、右だ！」

「っ！　ありがと常闇くん！」

「ちっ！」

常闇の指摘に出久が、死角から投げられた骨抜の枕を咄嗟《とっさ》に避《さ》ける。また前線では、爆豪が飛びあがりながら鉄哲めがけて枕を投げていた。

「死にさらせ！　鉄男《てつおとこ》!!」

「なんの、爆裂キャーッチ!!」

バシィ！　と正面から男らしく枕を受け止める鉄哲。そしてそれをすぐさま爆豪に投げつけ返す。

「くらえ、強鉄《きょうてつ》ボンバー!!」

そこかしこで連携プレイや激しい攻撃が続く。もはや普通の枕投げの範疇《はんちゅう》に収《おさ》まらない合戦《かっせん》のようだ。

「これはすごいぞ！　チームで戦うことで、いろんなシミュレーションができるし、枕が五つあることで攻撃の頻度が高くなる。ってことは防御もしつつ攻撃もしなくちゃいけないんだ。攻撃と防御のバランスを取りつつ、そのなかで作戦を立てて……」

ブツブツ言いはじめる出久に投げつけられた枕を、轟がボスッとキャッチする。

「緑谷、考えんのは後にしろ」

「あっ、ごめん！」

「集中しろや、クソデク！」

そしてあっというまに五分が過ぎた。

「結果は引き分けだな！」

みんなの戦いぶりに感心した様子の飯田がそう宣言する。結局誰一人としてアウトにはならなかったのだ。それも当然のことかもしれない。ふだんからヒーロー科の演習で体を動かしているため、ちょっとやそっとでは脱落しないように鍛《きた》えられている。

「じゃ、どうすんだ？」

「もう一回やろうぜ、もう一回！」

まるで小学生に戻ったように興奮した様子で男子たちは盛り上がった。なにごとも、やりはじめは楽しい。

――だが、なにごとも、あまりに決着がつかないと次第《しだい》に飽《あ》きてくるものだ。

二度目でも脱落者が出ず、三度目、四度目も同じく引き分けになった。「おーい、早く勝負決めろよー」などB組の観戦メンバーからヤジが飛ぶ。

それは当然、戦っているメンバーもそう思っていた。訓練を経《へ》てからの全力の枕投げで、相当《そうとう》体力も消耗《しょうもう》してきている。早く決着をつけたい。だが、なかなかつかない。つけられない。かといって、ここまで勝負を重《かさ》ねての引き分けなどもありえない。

そんな男子たちの頭に、ふと一つの考えが過《よぎ》ったのは自然のなりゆきだった。

〝個性〟が使えたらな、と。

そして始まった五回目の枕投げ。

「くらえ、鉄腕《てつわん》キャノン!!」

鉄哲の攻撃の枕を爆豪がキャッチする。その顔には決着がなかなかつかないフラストレーションが溜《た》まりに溜まっていた。

「てめえ、さっきから思ってたけど、ネーミングセンスだせえんだよ!!」

「あ!? カッコいいだろが!!」

「大昔の格ゲーか!!」

「爆殺王《ばくさつおう》とか、爆殺卿《きょう》に言われたくねーな!!」

それは自分のヒーローネームを考える授業のときに考えた爆豪のヒーローネームだ。だが結局ヒーローらしからぬ名前なのでいずれも却下《きゃっか》されている。

「あぁ!? カッコいいだろーが!!」

ブチキレた爆豪が枕を投げようとしていたそのとき、爆豪の手のひらから爆発が起こった。爆豪の〝個性〟は爆破《ばくは》。手のひらの汗腺《かんせん》からニトロのような物質を出し、爆発させるのだ。だが今のは訓練で汗腺を広げていたせいもあり、決してわざとではなかった。

「ストップ！　爆豪くん、〝個性〟の使用はルール違反だぞ！」

「わざとじゃねーよっ、出ちまったもんはしょーがねーだろが！」

その爆豪の言葉に、早く決着をつけたい男子数名がハッとした。

そうか、わざとじゃなければいいのか、と。

「では再開！」

飯田の声に最初に反応したのは、丸い目に気だるげな雰囲気をもった円場だった。わざとらしく咳《せ》きこんだかと思うと、咳《せき》に見せかけてフーッと息を吐く。すると空中に透明な円が現れた。円場の〝個性〟、空気凝固《くうきぎょうこ》だ。空気を固められる能力で、壁や足場にもなる。

「やべえ、ついうっかり！」

「うっかりならしょうがねえよな⁉」

円場と示し合わせていたように、泡瀬がその足場に乗り、唖然と見上げている口田目がけて空中から枕を投げた。

「っ！」

近くにいた尾白がそれに飛びこみ、咄嗟《とっさ》に尻尾《しっぽ》で枕をキャッチする。

「円場くん！　尾白くん！　〝個性〟の使用は禁止だぞ！」

「ごめん！　でも今のはあっちが先に」

困ったような顔をする尾白の前で、爆豪がB組にニヤリと凶悪な笑みを浮かべた。

「そうか、うっかりならしょうがねえもんなぁ……？」

そして大きく枕を振りかぶりながら、円場目がけて手のひらから爆発を起こす。

「うっかり死ねえ!!」

「っ!?」

爆豪の攻撃に驚きながらも、円場は息を吹き空気を凝固させる。だが間に合わず爆破の勢いに巻きこまれた。その上から枕が投げこまれたが、足場にした円に当たり弾かれた。

「しまった、うっかり！」

そう言いながら今度は骨抜がA組の畳を柔化《じゅうか》させる。その隙に骨抜、泡瀬、回原が枕を投げこむ。

「うわぁっ？」

出久は枕をよけながら、足をとられてはたまらないと咄嗟《とっさ》に〝個性〟を使い宙《ちゅう》に飛ぶ。

出久の〝個性〟はワン・フォー・オール。オールマイトを含め、何人にも受《う》け継《つ》がれ培《つちか》われてきた強大なパワーだ。常闇も〝個性〟の黒影《ダークシャドウ》で近くにいた青山を連れ飛び上がり、轟も〝個性〟の半冷半燃《はんれいはんねん》で氷の足場を出現させ、口田、障子を拾う。爆豪ももちろん爆破させながら浮かび、枕を投げこむ。

「なぁ、もう〝個性〟使ってもいいのか？」

轟に不思議《ふしぎ》そうに問いかけられ、出久は「いや、ダメだけど不可抗力《ふかこうりょく》っていうか……」と答えに詰まり顔をしかめた。

「なにをしてるんだ、君たち!! 〝個性〟は禁止だと言っただろう！」

少し離れてレフェリー飯田が腕をブンブン振り回しながら叫ぶが、その叫びは「うっかり！」「うっかり！」の連呼にかき消された。

「お前ら、なに〝個性〟使ってんだよ!?」

「そうだよ、ここは正々堂々と……！」

円場たちに注意する鉄哲と庄田に、骨抜が枕を拾いながら答える。

「こうでもしねーと決着つかねーだろ!? うっかり！」

枕を複製腕《ふくせいわん》の触手《しょくしゅ》でキャッチした障子が、その腕に複製した口で言う。

「うっかりでこられたら、こっちもうっかりするしかないだろう」

そしてバッと翼のように複製腕を広げ、しっかりと枕を数個キャッチし、いっせいに力強く投げ返す。そして言った。

「うっかり」

「一理ある……。うっかり、黒影《ダークシャドウ》！」

「うっかりアイヨ！」

障子の言い分に同意した常闇が〝個性〟の黒影《ダークシャドウ》に呼びかける。B組から投げこまれた枕を黒影《ダークシャドウ》が奪い、喜々《きき》としてB組へと投げ返す。

そんな様子を見ていた出久が興奮してブツブツと呟きだした。

「なるほど、障子くんの〝個性〟は何か複数のものを同時にキャッチするときにとても便利だな！　加えて、同時に投げることもできるし。そうか、例《たと》えば爆弾犯がやけを起こして投げてきたときとか。でも爆弾の威力にもよるよな……う〜ん。あ、でも常闇くんの黒影《ダークシャドウ》なら遠くまで届くな！　それから円場くんの空気凝固《くうきぎょうこ》は凡庸性《はんようせい》が高い。透明だからあまり目立たないし、音も小さい。例えば人質を取ってる敵《ヴィラン》の真上からも近づくことができるかも……わぁ！　可能性がいっぱいだ！」

「ブツブツ言ってんじゃねえ！　クソデク!!!」

「わぁ!?」

爆ギレする爆豪が、くるりと振り返り爆発枕を出久に向かって投げつける。

「かっちゃん、僕、A組だってば！」

「うるせえ、気が散るんだよ!!」

「うおお!」

吠えながら枕を投げまくる宍田の攻撃を楽しそうに受け止めながら、黒影《ダークシャドウ》がしゃべる。

「もっと枕あったほうがいいヨ!」

そう言いながら黒影《ダークシャドウ》は布団の上に置いてあった枕を全部投入した。もうそこらじゅうで枕が飛び交う乱れうちだ。

「黒影《ダークシャドウ》、楽しんでねーか?」

轟に言われ、常闇が黒影《ダークシャドウ》を叱咤《しった》する。

「黒影《ダークシャドウ》! これは遊びじゃない、男の矜持《きょうじ》がかかっている」

「かかってるの豚肉だよね☆ ……なっぷ!?」

畳の隅で一人こっそりと休憩していた青山に向かって、白い粘液《ねんえき》のようなものが発射された。発射したのは大柄な体格の凡戸の〝個性〟、セメダインだ。青山はそのままの姿勢で固められてしまった。

「だから、みんないい加《か》減《げん》にしないか!! 〝個性〟は禁止だと言っているのに!!」

注意しすぎて飯田の声もかすれてきたそのとき、またもこっそり物間が戻ってきた。

「楽しいことになってるじゃないか」

Ｂ組は爆豪の爆破枕に、障子、常闇と黒影《ダークシャドウ》の絶《た》え間《ま》ない攻撃に苦しめられていた。なんとか円場、骨抜、凡戸などで防御、妨害するものの、攻撃の決め手にかけている。

「くそっ、このままじゃ負けちまう……！」

悔しそうにもらした鉄哲の声に、泡瀬が「そうだ！」と何かを思いつく。そしてＡ組からの攻撃の合間を縫って鉄哲と庄田以外のＢ組メンバーに伝言する。伝わったメンバーたちは承知したように泡瀬に小さく頷いた。

そして必死にキャッチした枕を泡瀬へと回す。Ａ組が気づいたときには、すでに枕はすべて泡瀬の元に集められていた。

「枕止めてんじゃねーよ！」

「うるせー！　これも作戦だよ！」

泡瀬がそう言い返したとき、戦闘の合間にいつのまにかＢ組陣地の後ろに移動していた物間が叫んだ。

「その作戦、乗った！」

「物間くん、また⁉」

驚く出久たちを見る物間の目が赤く光る。

「早く！　今だ！」

「ものまね野郎はすっこんで……あ？」

不思議そうに爆豪が自分の手を見る。爆発が起きないのだ。その様子に異変を感じ、出久もワン・フォー・オールを発動させようとするができなかった。

「これって……もしかして相澤先生の〝個性〟⁉」

ハッとする出久に物間が目を開いたままニヤリと笑う。

「そう、さっき相澤先生の服についたごみを取ったとき、たまたま触《さわ》ってたのさ。ほら、泡瀬！」

「お、おう！」

そう言う泡瀬の手には、すべての枕がくっつき合って一つになった巨大な枕があった。泡瀬の〝個性〟は溶接《ようせつ》。触れた物同士を分子レベルでくっつけることができるのだ。A組は〝個性〟を消されているため、轟が氷で壁を作って防ぐこともできない。つかみきれない巨大な枕でアウトにさせようという作戦だ。

「せーのっ」

泡瀬たちが巨大枕を持ち上げる。〝個性〟の使用を止めようとしていた鉄哲や庄田も、その大きさにあわてて加わる。

「せこいことやってんじゃねえ！」

「勝てば官軍《かんぐん》さ！　今だ、行け!!」

物間の声にB組が力を合わせて巨大枕をぶん投げたそのとき、スパァァンッと襖《ふすま》が開く。

「お前ら何を騒いで……っぶ！」

「んぶっ!?」

渾身の力で投げられた巨大枕は勢いよく飛んだ。いや、飛びすぎた。

その巨大枕の直撃を受けたのはA組担任の相澤先生と、B組担任のブラドキング先生だった。あまりの騒ぎと、トイレだと言ってちょこちょこ抜け出す物間を不審《ふしん》に思いやってきたのだ。

さっきまで威勢よく騒いでいた男子たちの顔色が、サーッと青くなる。

「……なにやってんだ、お前ら!!!」

筋骨隆々《りゅうりゅう》のブラドキングの怒号《どごう》にB組男子たちがビクゥッと体を硬直《こうちょく》させた。

「俺は情けないぞ!!　〝個性〟使って勝負とは……！　いいか、お前たちは仮免《かりめん》取得の強化合宿ためにここに来たこと忘れたのか!?　バカヤローどもが!!!」

「ごっ……ごめん、先生～!!」

ブラド先生の熱血さに、B組男子は涙ながらに謝《あやま》った。

「……自由時間は好きにしろって言ったがな、何をやってもいいってことじゃねえぞ……？　ずいぶん体力余《あま》ってるみたいじゃないか？」

「っ……！」

一方、A組は相澤先生の底冷《そこび》えするような声色《こわいろ》に言葉もなく震えた。心底《しんそこ》怒っているだろう先生に、もはや何を言っても無駄だとわかっていたし、なにより恐怖で謝ることもできなかったのだ。

生徒にとって、担任はもはや第二の親のような存在である。担任にとっても生徒は子供のような存在。それぞれの組で教育方針の違いはあれど、いたずらが過ぎる子供には教育的指導をするのが親の務めだ。

「そんなに体力が余ってんのなら、明日のトレーニングメニューはお前らだけ倍だ。なぁブラド」

「そうだな！」

「そ、そんなぁ！」

今日のでも十分に堪《こた》えたトレーニングメニューが増《ふ》えることに、思わず声をあげた生徒たちを相澤はギロリと睨《にら》む。

「まだ声あげられるじゃねえか。三倍だな」

「っ……！」

男子たちは涙とともに声をのむ。これ以上増やされてはたまらない。だが、相澤の教育的指導は続く。

「たしか発端は明日の肉だったな？　そんな争いの元になるようなものがあるからいけない……。よってお前らは明日の肉は抜き！」

「そんなぁ!!」

「肉抜いたらただの〝じゃが〟じゃないですか!?」

「〝じゃが〟も抜いてやろうか」

「っ!!」

かくしてA組とB組の戦いは強制的に幕を閉じられた。結果的にはどちらも負けだ。

男子たちは、そこに守りたいものがある限りいつだって真剣に戦う。それがプライドであれ、肉であれ、何であれ、全身全霊をかけて熱く自分を燃やすのだ。

ただあまりに熱くなりすぎて、道をそれていることに気づかずそのまま突っ走ってしまうこともある。そのときは誰かが叱《しか》って、往《ゆ》くべき道へ戻してくれる。

男子は叱られながら、まっすぐヒーローへの道を走るのだ。

Part《パート》.6

宴の後

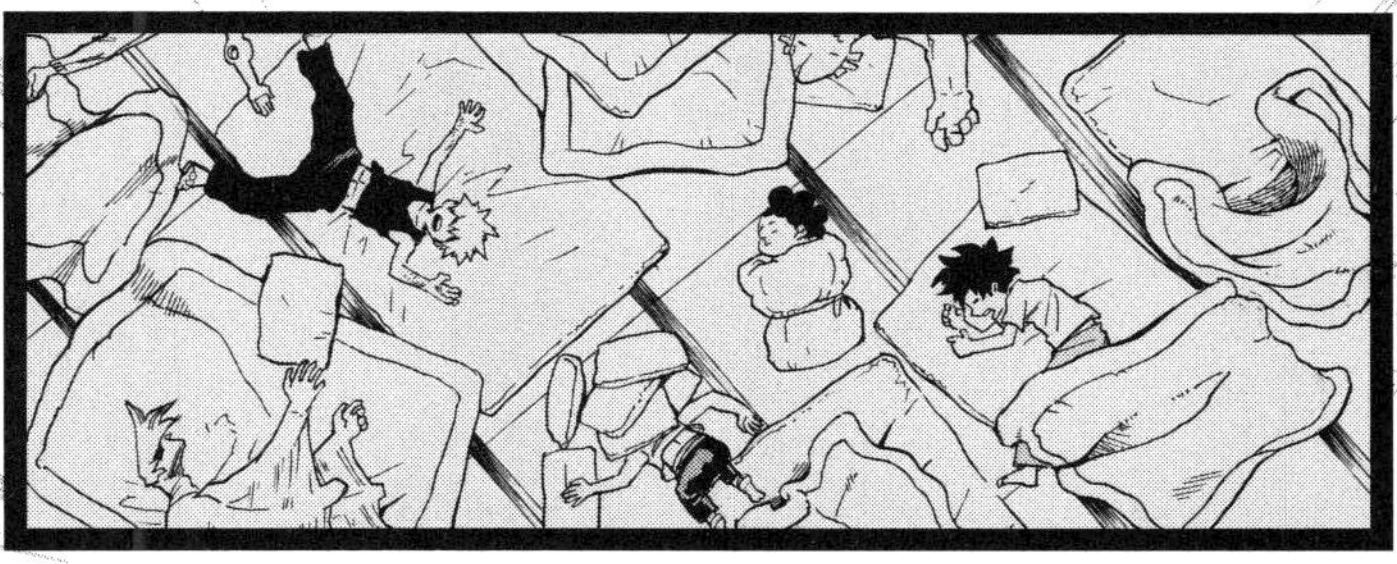

何かが弾《はじ》けるような音がして、飯田《いいだ》は目を覚《さ》ました。眠りの底から急浮上した意識は、それが自分の鼻提灯《はなちょうちん》が弾けた音だとは気づかない。ぼんやりと開いた目が見つめるのは暗《くら》闇《やみ》だ。まだ自分の目が開いていないような気がしたが、自然にまばたきをしてみると、開いているとわかる。

近くから聞こえてきた「ぐぉー」という誰かのいびきで、飯田は完全に目を覚ました。いつもなら、中途半端な時間に目が覚めることはほとんどない。規則正しい時間に眠り、規則正しく起きるからだ。規則正しい生活は自己管理の基本。そして自己管理は、自立への第一歩である。

飯田は自己管理の甘さに眉《まゆ》をひそめた。睡眠不足は体力不足に繋《つな》がる。林間合宿という鍛錬《たんれん》の場はいうまでもなく体力勝負だ。

(――とりあえず、もう一度眠ろう)

そう思い、飯田は再び目を閉じる。だが。

「ぐぉー……ぐぉー……」

誰のいびきだろうか。一度気になると、どうしてもその音を聞いてしまう。多少うるさいがしかたない。いびきをかいている本人だって故意にかいているわけではない。きっと疲れているのだろう。

（確かに、今日《きょう》は疲れた）

時間的にはもう昨日《きのう》だろうが、まだ数時間前のことなので今日という感覚だ。

朝五時半から〝個性〟を強化する訓練をした。そして夕飯は自分たちでカレーを作って食べた。店の、とまではいかないが空腹にはとても美味《おい》しかった。ほぼみんな、おかわりをしたんじゃないだろうか。そして夕食のあと、肉じゃがの肉を賭《か》けたB組との勝負で、みんな〝個性〟を使いはじめて大騒ぎになり、相澤《あいざわ》先生に叱《しか》られることになってしまった。

（もっと僕がしっかりしなければいけなかったな……！）

レフェリーを任《まか》せられていた者として、飯田は人知れず反省した。

静かに怒る相澤の説教は、またも風呂を覗《のぞ》こうとしていた峰田《みねた》の件と合わせて就寝前まで続いた。そして峰田は女子部屋に侵入するだろうと、布団《ふとん》でスマキにされた。その際、峰田は「せめて縄《なわ》にしてくれえ～っ」と懇願《こんがん》していたが、もちろん聞き入れられることはなかった。

「ぐぉー……ぐ……ぐ……」

「………？」

急に止まったいびきに飯田は気づき、ハッとする。

（もしや睡眠時無呼吸症候群《しょうこうぐん》なのでは……⁉）

クラスメイトに命の危険があっては大変だと、飯田は飛び起き、まず枕元に置いたメガネを探《さが》す。メガネをかけている人の習性だ。だがその場所をいくら探《さぐ》っても、お目当てのメガネケースはなかった。

「っ？」

飯田は焦《あせ》ったが、とりあえずいびきの主《ぬし》を探す。メガネをかけているが、裸眼《らがん》でも視力は〇・八でわりと見えるほうなのであまり支障はない。だが、すべてがクリアに見えていれば何かを見逃《みのが》すことも少ないだろうと飯田はふだんからメガネをかけていた。

音を辿《たど》った先は斜《なな》め向かいの砂藤《さとう》だった。

「砂藤く――」

「ぐ……ぐぉー……ぐぉー……もうお腹《なか》いっぱい……」

不規則な呼吸はどうやら一時的なものだったようだ。飯田はホッと安堵《あんど》する。

（よかった、よかった……おやおや、ずいぶん寝相《ねぞう》が悪いな）

砂藤は布団を蹴《け》っ飛《と》ばしてしまったらしく、何もかけずに寝ていた。飯田は目を凝《こ》らし、足元に無造作《むぞうさ》に蹴り飛ばされた布団を砂藤にそっとかけ直す。いくら夏といえど、寝冷えをしてしまっては大変だ。

「ん？」

暗闇とはいえ、光源がまったくないわけではない。障子戸《しょうじど》を透《す》かして外灯の明かりがうっすら入ってくる。少しずつ暗闇に慣れてきた飯田の目に映《うつ》ったのは、みんなの寝相の悪さだった。ざっと見ただけでも布団からはみ出した者が何人もいる。それだけならまだいいほうだ。どうしてそうなったと思わず問いたくなるような寝相をしている者もいた。

「……まったく、夏風邪《かぜ》でもひいたらどうするんだ」

飯田はあきれたように呟《つぶや》き、みんなの布団をかけ直すことにした。このままでは気になって二度寝するどころではない。

それに、少し尿意《にょうい》も感じる。二度寝する前にトイレに行っておこう。安眠するためには、まずはコンディションを整《ととの》えなくては。

（だが、その前にメガネ……メガネ……）

ふだんかけているものがないと落ち着かない。

飯田は改めて自分の枕元を探したが、布団の下にもなかった。

（……いったいどこに……。あ、もしかしたら……）

みんなのこの寝相の悪さに、飯田は一つの可能性を思いついた。メガネケースごと誰かが蹴ったりして遠くにやってしまったのかもしれないと。

（ならば、みんなの布団をかけ直しながらメガネを探そう）

用意周到な飯田は当然、予備のメガネも数個持参していた。だが、この訓練の厳しさではそれでも心もとない。それになにより、職人が心をこめて作ったであろうメガネを失《な》くしたとあってはとても申《もう》し訳《わけ》ないことだ。

「……よし」

飯田はそう呟くと、手始めに砂藤の隣の口田《こうだ》に布団をかけ直す。ふだんはおとなしい口田も、半分布団からはみ出している。そして口田と砂藤の布団周《まわ》りを慎重《しんちょう》に探す。あるとすれば近くの可能性が高い。だが、探してもメガネケースは見つからなかった。

飯田は次に自分の布団の隣の出久《いずく》に近づいた。横向きでスゥスゥと寝息を立てているが、布団は下半身にしかかかっていない。そっと肩まで布団をかけると、「むにゃ……」と小さく身じろぎをした。だが起きる様子《ようす》はなく、いい夢でも見ているのか「ふへ」と笑った。その子供のような笑い声につられて飯田は満足げな笑《え》みを浮かべる。

友人たちの大事な睡眠を邪魔することなく、布団をかけ直すことはなんだかとても有意義なミッションのようだと思ったのだ。

明日、正確には今日だが、過酷な訓練が待ち受けている。一生懸命がんばらなくてはいけないのだ。ならば、こうしてみんなの体調管理をすることも委員長の仕事のうちだ。飯田は改めて意気ごみ、出久を起こさないように慎重に布団周りを探す。だが、やはりメガネケースは見つからなかった。

そのうち出てくるだろうと、飯田は出久の隣の轟《とどろき》の布団へ向かう。

「?」

轟は本来頭がある場所に足があった。つまり、いつのまにか反対向きで寝ていた。

(轟くんも寝相が悪いとは、意外だな)

そう思いつつ、飯田は悩んだ。元の向きに戻すべきか、それともこのままでいいのか。だが、動かすと起こしてしまうだろうと、布団だけかけ直したそのとき、轟が小さく唸《うな》る。

「う……」

苦しそうな声に、飯田は心配になりそっと近づいた。轟は悪夢でも見ているのか、険《けわ》しく顔をしかめている。額《ひたい》が鈍《にぶ》く光って見えるのは、脂汗《あぶらあせ》をかいているせいかもしれない。具合でも悪いのならば、起こしたほうがいいのだろうかと飯田が真剣に悩んだとき、轟の口が忌々《いまいま》しそうに寝言を吐いた。

「……葛餅《くずもち》、喉《のど》に詰まらせろ……」

（……葛餅？）

飯田は知らない。轟の父親であるエンデヴァーの好物が葛餅であることを。

（食べ物の夢を見ているなら、たぶん大丈夫だろう……）

そう思い、飯田はメガネケースを探す。しかしここでも見つからなかった。

次に行こうとして立ち上がった飯田は、うつぶせになって膝を立て、腰を高く上げて、たくさんの枕に顔を埋もれさせながら寝ている者を困ったように眺《なが》めた。

（よくこれで寝ていられるな……。というか誰だ？）

飯田はそっと枕を外《はず》していく。すると夜目にでもわかる明るい髪の色が見えた。

（なんだ、上鳴《かみなり》くんか）

飯田が眠りについたあと、補習から戻ってきた上鳴は枕投げをしたいと言いだし、補習組でサイレント枕投げをした成れの果てだった。苦しそうな寝相に見えるが、当の本人は問題なくスヤスヤと眠っている。ならばやはり布団だけかけようと飯田は判断し、そしてメガネケースを探した。

飯田は気づかなかった。布団の間に入ってしまっていないかと手探りしているその斜め後ろで、何者かが腕を振り上げたことに。

「どぉりゃっ」

その声に振り向いた飯田に見えたのは、まるでナイフのように鋭く尖《とが》った何かだった。

「⁉」

それは寝ぼけて腕を硬化させた切島《きりしま》だった。切島の硬化した腕はザクッと枕に突き刺さる。咄嗟《とっさ》に避《よ》けた飯田が転《ころ》がるように逃げこんだ先は、これまた豪快な寝相を披露している爆豪《ばくごう》の布団だった。

「ふう、間一髪《かんいっぱつ》だったな……」

切島は上鳴の隣で枕に腕を突き刺したままクウクウと寝息を立てはじめる。飯田は一息吐《つ》き、切島に布団をかけた。

初日はみんな爆睡していただろうから気づかなかったが、みんなで寝ているとこういうこともあるんだなと飯田は妙に感心した。そして、腹を出して寝ている爆豪へも布団をかける。そしてその足下でこれまた豪快に布団から離れて寝転がっている瀬呂《せろ》にもかけていると、ばっさぁと布団が飛んできた。ついさっきかけたばかりの爆豪の布団だ。どうやら爆豪には暑かったらしい。

「おなかが冷えてしまうぞ、爆豪くん」

ならばせめておなかの上だけにと、飯田は再度布団をかけた。するとうるせえとばかりに、また蹴った。寝ていても爆豪は爆豪だ。飯田はまたかけ直す。そんなことを何度か繰《く》り返《かえ》すうちに熱くなったのか爆豪の手から爆発が起きた。

「あっ？」

その瞬間、眩《まぶ》しさに顔をそむけた飯田は、爆豪の向かいの尾白《おじろ》とその隣の障子《しょうじ》の間に、メガネケースらしきものが見えた気がした。

飯田は爆豪に布団をかけることをあきらめ、爆豪の着ていたタンクトップをそっと下ろしおなかを隠してから、メガネケースの元へ急ぐ。

（たしか、このあたりに……）

だが、それがいけなかった。早くメガネをと急ぐあまり、飯田は足下の注意を怠《おこた》り、急に寝返りを打った尾白の尻尾《しっぽ》を思いっきり踏んでしまった。飯田は不思議な弾力に足を取られギョッとする。

「っ？」

尻尾は尾白にとって第三の手。しかも動物にとっては感情を表したり、仲間に危険をしらせたりする大事な部位。そんな尻尾が踏まれたとあらば、眠っていたとしても反撃に回るのは自然の道理だ。尾白は眠ったまま、尻尾だけが覚醒《かくせい》しているかのようにぐるんっと飯田をつかんだかと思うや否《いな》や、尻尾は飯田をぶん投げた。

「うあっ⁉」

落ちた先は、隣の障子の上。飯田は間髪入《かんはつい》れずに障子の腕に羽交《はが》い締《じ》めにされた。

「っ……⁉」

ちょうど障子は敵《ヴイラン》と戦っている夢を見ていたところだった。腕の中に飛びこんできた飯田を敵《ヴイラン》だと思いながら、締めにかかる。

「しょっ……障子くっ……！」

腕力では誰にも負けない障子に締めあげられ、飯田は命の危機と、差《さ》し迫《せま》る尿意を感じはじめた。障子に放してくれとタップするが、障子が夢の中の敵《ヴイラン》を放すはずもない。さらにギュウッと締めてくる。

「っ……！」

なんとかしなければと飯田はもがいた。そこへ、辛《つら》い体勢で寝ていた上鳴が「うぇ～い……」と寝言を言いながらこちらへと転がってくる。飯田は藁《わら》にでも縋《すが》る思いで、上鳴の足首を思いきりつかんだ。

「んぎゃ⁉」

驚き、一瞬目を覚ました上鳴が放電する。するとその光と音に障子がビクッと反応した。飯田はその隙《すき》に障子の腕から抜け出すことに成功した。

「うぇい……」

　上鳴はそう言って、また眠りに落ちた。ともかく窮地《きゅうち》を脱したと飯田は安堵の息を吐くが、またメガネケースを見失ってしまったことに気づく。

（いったいどこに……）

　そう思いながらも、飯田は次に一番端《はし》の青山《あおやま》に布団をかけるべく近づいた。青山の寝相はまるで絵画のポーズのようだ。そしてここでもメガネケースは見つからなかった。

　その向かいの常闇《とこやみ》は、微動だにせずに仰向《あおむ》けで寝ている。飯田は本当に寝ているのか近づいて確かめると、スースーと小さな寝息が聞こえた。

（常闇くんは寝ていてもしっかりしているな！）

　もちろん布団も乱れてはいない。飯田は満足げに頷《うなず》き、隣の峰田を見る。布団でスマキにされているので、寝冷えすることもないだろう。

「もっと……もっとおっぱいを持ってこぉい……！」

　峰田の寝言に飯田は首をかしげる。いったいどんな夢を見ているのだろうか。

　だが、次の瞬間飯田は峰田の頭にいつもと違うフォルムを発見する。まん丸の峰田の〝個性〟のもぎもぎの中に、一つだけ小さい楕円形《だえんけい》のものがあった。

「ん？…………あった……！」

　思わず叫んでしまい、飯田はあわてて口を押さえる。周囲を見て、誰も起きなかったことを見届けてから、改めて峰田の頭に顔を寄せた。

その楕円形はメガネケースだったのだ。いつのまにか峰田のもぎもぎにくっついてしまったらしい。

（これは困ったな……）

見つかった喜びもつかの間、飯田は腕組みをして悩んだ。もぎもぎは一度くっつくと一日取れないことがある。仮にくっついたのが寝てすぐだったとしても、確実に数十時間は取れない。峰田の頭からもぎってもらえば済《す》む話だが、寝ているところを起こすのは避けたいし、なにより峰田を夜、野放しにするわけにはいかないだろう。

（では、メガネだけを取り出させてもらおう）

そう思いついた飯田は、峰田の頭に向き合うように姿勢を屈《かが》めた。くっついたままのメガネケースを開けて、メガネだけを取り出すつもりだ。幸《さいわ》い、くっついているのはメガネケースの片面なので開けることは可能だ。

慎重《しんちょう》に指先を近づける飯田。だが、そのとき、峰田が身じろぐ。

「店に置いてあるおっぱい、全部出せって言ってんだろがぁ～……」

何を言ってるんだ、峰田くん。乳房《ちぶさ》とは体の一部なのだから、単体で持ってこられるものではないのだぞ？　店に乳房だけを置くというのはいくら夢でもありえない話だ。

——と、言いたいのを飯田はぐっとこらえて手を引っこめていた。

もし指がくっついてしまえば、大変なことになってしまう。いくらなんでも峰田を起こさざるをえない。しかも、起こしてもぎってもらったところで、峰田の頭からは離れられるが、もぎもぎは指にくっついたままだ。これではトイレに行くにしろ、食事をするにしろいろいろ支障をきたしてしまう。

飯田は一瞬躊躇《ちゅうちょ》した。とりあえずこのまま先にトイレに行っておこうか。しかし、冷静に考えれば、メガネケースを開けるだけの作業である。

（そう、開ければいいだけだ……）

飯田は己《おのれ》を律《りつ》するように深く深呼吸してから、慎重に指をメガネケースへと伸ばした。

気分はまるで爆弾処理班だ。

震えそうになる指先が、もう少しでメガネケースに届こうとしたそのとき。

「……だぁかぁらぁ、全部持ってこいって言ってるだろぉ⁉　世界中のおっぱいは全部オイラのモンなんだからよぉ！」

寝言とは思えないほどのきっぱりとした叫びに飯田はビクーッとして、思わず後ずさった。その間に、スマキの峰田がゴロゴロと転《ころ》がりだす。

「こらっ、逃げんじゃねぇ、オイラのおっぱい！」

どうやら夢の中のおっぱいを追いかけているようだ。

「ま、待ってくれ！」

飯田もあわてて峰田を追いかける。峰田は器用にも、二列に分かれている布団の間を転がっていく。だがそこには切島がいた。おっぱいを追いかける峰田が止まることはない。

「危ない……あっ⁉」

峰田は切島に衝突した。その拍子《ひょうし》に開いたメガネケースからメガネが飛び出す。薄暗闇のなか、飯田の頭上で放物線を描くメガネがまるで流星のようにキラリと光った。

飯田は絶望した。この高さから落ちたら、どこか壊れてしまうかもしれない。なにより、誰かの上に落ちないようにと。もし当たり所が悪ければ、ケガをさせてしまうかもしれない。どうか布団の上に落ちてくれ――

そう願いながら落ちていくメガネを追う。〝個性〟のエンジンでダッシュしなかったのは、みんなを起こしたくないという飯田の良心だ。

刹那《せつな》、メガネが落下。その下にいるのは常闇だ。しかもまっすぐ顔へと向かっている。

「常闇く――」

危ないと言いかけた飯田は見た。

空中で、メガネの耳にかけるアーム部分がまるで翼を広げるように開いていくのを。夜の中で舞うように回転しながら落ちていくのを。

――スチャ。

「……‼」

飯田は目の前で起こった小さな奇跡に感嘆した。

メガネをかけた常闇がそこにいたのだ。もちろん眠ったまま起きる気配もない。

「〜〜っ！」

飯田は見悶《みもだ》えた。奇跡とは滅多《めった》に起きないから奇跡という。奇跡を目撃したならば、誰かとこの思いを分かち合いたい。

だが、飯田は思いとどまった。小さな奇跡を生み出したメガネが守った友人の眠りを、委員長の自分が邪魔するわけにはいかない。それになにより、まずトイレに行きたい。

飯田は名残惜《なごりお》しそうに常闇からそっとメガネを外《はず》すと、自分でかけて部屋を抜け出した。出る前に、みんなの様子を確認してから襖《ふすま》を閉めてトイレへと急ぐ。


「ふう……」

用を足《た》してスッキリした飯田が、今度こそもう一眠りしようと部屋へ戻る途中、妙な音に足を止めた。カチカチというような耳に引っかかる音だ。

音につられるように飯田はその音を辿《たど》って、薄暗い廊下を歩いていく。少しすると灯《あか》りがもれているドアがあった。『事務室』とドアに表示されている。

「でもさぁ、おもしろいね。今年の一年」

中から聞こえてきたのはマンダレイの声だ。その合間にもカチカチというような音がしている。

飯田はその音に首をかしげながらも、心の中でお礼を述べた。きっと遅くまで仕事をしているのだろう。だが踵《きびす》を返そうとしたそのとき、別の声がした。

「……すみません、いろいろご迷惑を」

(相澤先生)

担任教師の朴訥《ぼくとつ》な声に、飯田は思わず足を止めた。

A組とB組の賭けや、峰田のことで施設に迷惑をかけてしまった。そのことで相澤は謝《あやま》っているのだろう。

(もっと僕が委員長としてしっかりしていれば……!)

飯田は自分の不甲斐《ふがい》なさに唇《くちびる》を嚙《か》み締《し》めた。峰田の素行《そこう》にはもっと目を光らせておくべきだったし、賭けのことも、もっと穏便《おんびん》にすますこともできたはずだ。

（先生一人に謝らせるのは申し訳ない。ここは委員長として僕も謝るべきでは……）

だが飯田のそんな決意を笑うように、今度はピクシーボブの楽しげな声が聞こえてくる。

「いいって、高校生なんだからたまにはハメも外さなきゃ」

「しかし」

そう言う声はブラドキングだ。

「アイツらはハメを外しすぎだ。仮免《かりめん》取得まで悠長《ゆうちょう》にしていられないというのに。肝試《きもだめ》しもあるんだし、ハメならそこで外せばいい」

「まーまー。高校生なんてさ、毎日ハメ外したい頃じゃない。ヒーロー科は毎日教科ビッシリなんでしょ？」

「……そう思うヤツは、最初からヒーロー科に入ってこないですよ」

ピクシーボブの言葉にそう答えた相澤に、飯田は小さく息を飲んだ。

そのいつもと変わらぬ声色《こわいろ》に、当たり前のようにある信頼を感じたからだ。

（さっきあんなに迷惑をかけた僕たちのことを、こんなにも信じてくれている……）

雄英《ゆうえい》高校は厳《きび》しい。容赦《ようしゃ》なく高い壁を用意して、簡単に超えてこいと言ってくる。

けれど飯田は知っている。その厳しさは愛情なのだ。どんな高い壁でも超えられるだろうと信じてくれているのだ。

自分たちの可能性を信じている人がそばにいる。それはなんと心強いことだろう。

「っ……」

飯田は湧《わ》き上《あ》がるやる気に、大きく息を吸いこみ胸を張る。

(僕たちにできることは、その信頼に応《こた》えること。その期待を上回ること。つまり……)

――プルスウルトラ。

飯田は高揚《こうよう》する体で踵《きびす》を返す。がんばるために優先することは先生と一緒《いっしょ》に謝ることではない。今日の訓練を少しでもモノにするべく、必要な体力を確保することが最優先だ。

(……でも、あの音はいったい何だったのだろう……?)

ふと疑問が頭をかすめたが相澤の言葉を思い出し、飯田は意気揚々と部屋へと戻っていく。だから、相澤の続きの言葉を聞かなかった。

「――ま、そんなヤツがいたら、すぐに除籍処分にしますがね。……で、ロン。メンピンのみ裏ドラ二つ乗って満貫《まんがん》」

そう言いながら相澤は麻雀牌《マージャンパイ》を倒す。対戦していたブラドキングとマンダレイとピクシーボブが驚く。

「裏ドラ二つって!」

合宿深夜、事務室で先生たちが興《きょう》じていたのは麻雀である。生徒の合宿の夜の定番が枕投げなら、先生の定番は麻雀だ。テーブルゲームの一種だが、賭け事のイメージが強いので飯田が見なかったことは正解だったかもしれない。

そばで見ていたラグドールと虎《とら》もやっと着いた決着に満足して、やれやれと腰をあげた。

「さ、もうお開きにしましょう。明日も早いんだから」

「そうだな」

マンダレイの言葉にブラドキングも疲れたように頷く。

「もう一回！　もう一回だけお願い!!」

「何度目ですか、それ」

一人粘《ねば》るピクシーボブに相澤はあきれた視線を向ける。

婚期を気にするピクシーボブにはどうしても勝ちたい理由があった。勝ったら、全員からイイ男を紹介してもらうという賭けをしていたのだ。一番意気ごんでいたが、一番乗り気でなかった相澤にもう二度も負けている。麻雀は将棋《しょうぎ》や囲碁《いご》と比《くら》べて、運が大きな割合を占《し》めるゲームだ。もしかしたら麻雀を通じて、神様がピクシーボブの婚期はもう少し先だと告げているのかもしれない。

「じゃ、明日も……いやもう今日ですね。よろしくお願いします」

「おう、バリバリ扱《しご》こうぜ！　おやすみ」

笑顔でひらひらと手を振るマンダレイと、名残惜《なごりお》しそうなピクシーボブをからかいなだめるラグドールと虎に挨拶《あいさつ》をして、相澤とブラドキングは自分たちが寝泊まりしている部屋へと向かった。


「麻雀強いな、イレイザー」

「べつに普通だろ」

麻雀から解放された疲労感を背負《せお》ってブラドキングにそう答えながら、相澤は廊下から窓の外を見る。都会と違う濃度の高い闇が広がっていて、そのぶん、星が輝いて見えた。

「しかし、まったくあいつらときたら……」

さっきの派手な枕投げ大会のことをまだ憤慨《ふんがい》して、鼻息をフンと吐くブラドキング。

「そのぶん、今日は容赦《ようしゃ》なくいこう」

「あぁ……でもな、イレイザー」

「ん？」

「……あのままいってたらB組《ウチ》の勝ちだったな」

ポツリとこぼしたブラドキングの言葉に、相澤は視線を向けた。何気《なにげ》ないふうを装《よそお》っているが、ブラドキングは熱血漢《ねっけつかん》で生徒に親身に接する教師だ。担任する教え子が可愛《かわい》くないはずがない。A組対B組の対決となれば、当然勝ってほしいと願っていただろう。

「……どうかな」

内心眠いし面倒《めんどう》くさかったが、相澤はそう答えていた。素直に聞《き》き逃《のが》すほど、こっちだって愛着がないわけではない。

するとブラドキングは少し意外そうな顔をして相澤を見た。そしてニヤリと笑む。その居心地の悪い視線を受け流し、話題を変えるべく相澤は言う。

「とにかく、あいつらには仮免取ってもらわないと」

「もちろんだ。……そういえばヒーロー殺し、だいぶ回復したらしいな？」

「そうみたいだな」

ヒーロー殺しとは、ステインという名の思想犯だ。オールマイトだけを真のヒーローと崇《あが》め、腐敗していると見做《みな》した他のヒーローたちを粛清《しゅくせい》と称し殺害した。プロヒーローである飯田の兄も一命はとりとめたが襲われてしまった。兄の復讐のためにやってきた飯田と、飯田を助けようとした出久と轟により、ステインは重傷を負《お》いながら収監されたのだ。

ステインの行動に、抑圧され息を潜《ひそ》めていた悪意を持つ者たちが感化されはじめている。敵《ヴィラン》連合という恰好《かっこう》の受け皿が、その動きを助長させているのは確実だ。

そして、その敵《ヴィラン》連合の魔の手が、またいつ生徒たちに向けられるかわからない。そのときに、せめて自分の身を守れる術《すべ》が必要なのだ。

「……何事もなければいいが」

――ゴォォッ……。

そのとき、一陣の風が吹く。

まるで威嚇《いかく》するように通り過ぎたそれに、相澤は頭の底をざわりとさわられたような気がした。思わず眉をひそめて窓の外を見るが、そこには闇があるだけだった。

闇に光る星だけが、忍び寄る悪意を知っていた。

MY HERO ACADEMIA
僕のヒーローアカデミア
雄英白書

■初出
僕のヒーローアカデミア 雄英白書 Ⅱ 林間合宿：裏面 書き下ろし

[僕のヒーローアカデミア 雄英白書] Ⅱ 林間合宿：裏面

2017年2月8日 第1刷発行
2024年11月18日 第18刷発行

著 者／堀越耕平 ◉ 誉司アンリ

編 集／株式会社 集英社インターナショナル
〒101-8050 東京都千代田区一ツ橋 2-5-10
TEL 03-5211-2632(代)

装 丁／阿部亮爾〔バナナグローブスタジオ〕

編集協力／佐藤裕介〔STICK-OUT〕

編集人／千葉佳余

発行者／瓶子吉久

発行所／株式会社 集英社
〒101-8050 東京都千代田区一ツ橋 2-5-10
TEL 03-3230-6297(編集部)
03-3230-6080(読者係)
03-3230-6393(販売部・書店専用)

印刷所／中央精版印刷株式会社

Printed in Japan ISBN978-4-08-703413-4 C0093

検印廃止

MY HERO ACADEMIA